文芸社セレクション

ゼームス荘壱拾五號室

木田 麻美

文芸社

目次

ゼームス荘壱拾五號室

笠井《かさい》恭助《きょうすけ》は妻の葬儀を終えて、退職後の収入源として購入したアパートにいた。

一階の五号室。

恭助の妻、千代子《ちよこ》が管理人として選んだ部屋だった。

一番奥の和室。

畳敷きに足の短いテーブルが置かれていた。天板に、遺骨を静かに降ろす。その周りには、散らばっているのかまとまっているのか、本人にしか分からない細々とした材料や作業道具が置かれている。

恭助はその様を見て、思う。

千代子は満足しているだろうか。

恭助の念願だった本社への復帰で、半ば強制的に東京へ連れて来られてから、明るい表情をなくしていった妻へ、最後のわがままを聞き届けられたと思いたい。

生前の千代子が切り抜いた色の紙を一枚ずつ貼った色紙は、すべて、血の色に染まった。いや、これがすべてではない。このアパートに居住する者たちは、手渡しでの家賃支払いの確認と交換に色紙を受け取っている。

それが遺作になった。

千代子はアーティストではない。

かつて、この地に建っていた病院で亡くなった女性を憧れるばかりに始めた習い事に、すっかり嵌まった。

嵌まり過ぎた。

千代子は自分が作品の一部となった。

部屋が、大きなキャンバスとなって、
いろいろな形に切り抜かれた色の紙をドレスのように身に纏って、
一枚の絵だった。

第一章　田村の友人の話

1

十月も半ばの月曜日。

警視庁本部付きの元刑事が立ち上げた吉田調査事務所の室内は、週初めでもあり先週末からの業務に追われていた。

室内にいるのは、所長の吉田《よしだ》と唯一の女性調査員二人のみ、と予定表のホワイトボードに『在籍』のマグネットが貼られている。

しかし、年下の女性上司は年上の男性部下に見つめられていた。二十四歳の吉田朱美《よしだあけみ》は視線に気付いていたが、そのまま手を動かす。午前中はいないはずの、警視庁管内で元所轄刑事だった二十八歳の田村《たむら》がいたから。だから、視線を送らない。言葉に出して訊かないが、どうしているのか、と思う。

吉田調査事務所の基本就業は平日の月曜日から金曜日である。調査会社を唱っている。依頼の内容によっては土日祝日の出勤の調査となる。今回、所長が引き受けた依頼内容が土日祝日に跨っていた。朱美は田村が昨日の日曜日に休日出勤をしていたのを知っている。出勤管理表に入力されていた。休日出勤した翌日は半日だが休みを振替とする、所長の吉田は事務所の開設当初に決めている。雇っている調査員の休日の確保を目的としているから、翌日の今日の午前中は振替半休扱いになっていた。だから、本日は午後から出て来ると所長からも聞いていた。しかし、休みのはずの人物が出勤している。

朱美は就業時間内だから、働いている。上司が仕事をしているデスクに回転椅子を引っ張ってきた、まだ就業時間前の田村が一方的に話を始めていた。

「この間、警察時代の同期にばったり会ったんですよ。そいつはその日、公休で俺は仕事中だったから、名刺だけ交換して、別れたんです」

「うん」朱美は言葉だけで返事をする。

「その後、俺から連絡して、お互いの近況報告をしたんです」

「うん」言葉だけの返事。

「そいつは品川区の南品川にあるアパートに住んでて、なんでも、そのアパートの持ち主がいつの間に変わっていたらしいんです」

朱美は疑問を持った。

キーボードを打っていた指が止まる。

田村に訊いていた。

「どうして、田村の友達は自分が住んでるアパートの持ち主が変わったことを知ったの？」

朱美は一人暮らしをしたことがない。今も実家で暮らしている。両親も実家を出て、独立してほしいと言わない。むしろ、一人娘にずっと、実家にいてほしいと思っているようだ。その娘も実家を出て、一人暮らしをする気持ちがない。だから、建物の持ち主の変更を知った経緯を不思議に思う。

「新しく大家になったと女性が挨拶に来て、知ったようです」田村は元同期から聞いた話と答える。「いずれは『ゼームス荘』にアパート名を変えたいと言っていたみたいですが」

「私は土地とか建物の売買とか、全然、分からないわ。でも、所有者が変わったら、例えば、田村のお友達が住んでいるアパート名を、新しい所有者が変えてもおかしくはないと思うわ」

「俺だって、主任と同じです。不動産の売買なんて、さっぱり、分かりません」

「分からないのなら、自分で調べてから、私に話してほしかったわ。所長だって、そう、思っているわ」

きっとね、と朱美は吉田調査事務所の所長であり代表である父親の様子を窺った。

表情が見えなかった。

顔の前で新聞を広げていたから。

休みのはずの田村のおしゃべりで、仕事の手がすっかり止まってしまった。朱美は気を取り直して、目の前に仕事に集中する。耳だけ傾ける。

田村の話の中で、疑問に思ったことを朱美は訊く。

「でも、どうして『ゼームス荘』なのかしら」

「それについては聞いていません。そいつの話によると、部屋の間取りは２Ｋで一階と二階にそれぞれ五部屋あるアパートみたいです。全部で十部屋あるみたいです。で、今は全部、部屋が埋まっているようです。しかも、入居者は全部、男性です。いえ、十部屋の中で九室に住んでいるのは、男性です。あと一部屋は新しい大家がアトリエとして使っているようです」

「芸術家なのね」

「いいえ、美術家だそうです」

「どちらでもいいように思えるけれど。その女性の大家がアトリエとして使用しているのはどの部屋なのかしら」

「一階の五号室です」

「なぜ、その部屋なのかしら」

「その理由は、そいつにも分からないようです」

「分からないのね」

「たまたま一階の五号室が空いていたからかもしれません。そいつは住んでるだけですから」

「まあ、知る必要もあるとは思えないわ。つまりは、全部の部屋が埋まっている、ということね」

振替代休のはずの調査員は、自分から話し出して、黙る。朱美は田村に話す。

「品川区の南品川に、いずれは『ゼームス荘』というアパート名にしたいアパートがあって、新しい女性の大家さんがアトリエとして使用している部屋を含めて満室。いいことじゃない。家賃の滞納がなければ」

「そう、問題はないんです」田村も納得して頷く。頷いて、口調が変わる。「そいつは今でも、警察を辞めた俺が言うのもなんですが、今でも警官ですが、刑事じゃないんです」

「どうして田村は刑事にこだわるの？」

朱美は、前職は警察官であり所轄署で刑事として事件を追っていた田村に、刑事にこだわる理由を訊いてしまう。

田村は調査員でなく、刑事の貌で捜査経験が皆無の上司にその理由を明かす。

「今月の十日でした。新しい女性の大家がアトリエとして使っている部屋で死んでいたんです」

「死んでいたって……田村の友達の警察官が、新しい女性の大家さんが死んでいるのを発見したの？」

田村の話の流れによると、発見者は警察官時代の同期で友達である彼だと思っていた。だから、朱美は訊いてしまう。

「俺も話を聞かされて、主任と同じことを思いました」田村もそうだったが、しかし、違ったという。「発見したのは、別の住人です。そいつは勤務時間中だったので、部屋にはいなかったんです。当然、アパートにはいませんでした。そいつが大家の死んだことを知ったのは、勤務を終えて、部屋に帰ったところに警察官が訪ねてきた。そこで知ったそうです」

「警察官のところに刑事が来たのね？」

朱美は田村に確認する。

「そのようです」

元警察官が頷く。

朱美の父親は警察官だった。そして、現在も一番親しくしている男性がいて、森崎優《もりさきすぐる》という。彼も警察に勤めている。警視庁本部に配属されている刑事だから、実感から言葉になる。

「田村のお友達が警察官だと知らずに、ううん、警察官は自分から警察官だって言わないわ。優さんだって、警察官よ。でも、最初から警察官だって言わないわ。公務員だって言うわ。私だって、優さんのお仕事を聞かれたら、公務員だって言うもの」

田村は森崎と面識があった。捜査経験皆無の所長の娘目当てに、この事務所に現れる警視庁捜査一課の刑事だ。互いに顔を知っていた。所轄刑事には雲の上の存在だった。捜査会議で見せる厳しい表情とここで見せるリラックスした様子に戸惑ったが、ここで見せる表情が本来の姿なのだ。今では元刑事が民間の調査員としてラフに話せるようになった。しかし、階級社会にいた習慣から、緊張から背筋が伸びる。

朱美は森崎とは幼い頃からの知り合いらしい。歳の離れた妹が兄に甘える仕草と女として愛される貌の両面を見せる。男女の関係があるのは確かのようだ。そして、その父親も黙認している。

「それは所長がかつて警察官だったから、自然と森崎警部を警察官ではなく、公務員と言えるんです。主任は、例えば学生の時に、親の職業を訊かれた時は、公務員と答えていたはずですから」

「お父さんからは直接言われたことはなかったけれど、お母さんから言われていたの。お父さんの職業はそう言いなさいって。だから、優さんが警察官になった時は、彼の、うん、大好きなお兄ちゃんのお仕事は警察官だけど公務員だって答えることに迷いはなかったの」

「俺の純粋な興味なんですけど」田村の食指に触れて、訊いてみたくなった。「どういうシチュエーションで、そういう話になるんでしょうか」

「うん……そうね」朱美は考える。今のところ、質問されるシチュエーションは決まっていた。「優さんのお父様のパーティーくらいかしら。彼はお父様の後継ぎとして期待されているの。だから、お父様が懇意にされている方々は彼の今の職業を知りたがるわ。彼はお父様の有力な跡継ぎ候補だから」

「森崎警部の父親のパーティーの中で、森崎警部の仕事を聞かれた時は『公務員』と答えているようですね」

「ええ、そうよ」

それのどこがおかしいの、と朱美は不思議と言う。森崎は国家公務員だ。地方公務員だった田村。現職とも元とはいえ公務員に違いはないのだから。

「例えばですね」

田村も森崎と階級の差があるが警察内で刑事課に配属されていた。だから、分かる。事件が難解になればなるほど、帰宅時間が不定期になる。不定期になるから、一緒に暮らす家族は何時に帰って来るのか、今夜は帰って来るのか、心配する。だから、自然と実家で家族と暮らしていれば、心配をかけないように実家を出て独りで暮らす部屋を借りる。部屋を借りるには保証人が必要だから、誰かしら保証人になってもらうだろうが知らなくてもいい話だ。もし、刑事の仕事が多忙で実家を離れるとなれば、賃貸借契約の際には警察に勤めていることを伝えるだろう。しかし、借りた部屋の住人は警察に勤めていることを口止めしたら、仲介業者は賃貸借者の希望をのむだろう。守秘義務を順守し、刑事が訪ねて来ても、賃貸借者が希望した回答をすると思いたい。

「森崎警部がもし独り暮らしをして、警察官ですが不動産屋に仕事は公務員と通してほしいと言ったら、不動産屋は森崎警部の今の仕事を公務員と伝えるでしょう。同じ建物内で警察が調べる用件ができたら、刑事が訊きに来るはずですから」

「優さんが森崎の家を出るなんて、考えられないわ」ありえない、と朱美は目を丸くしている。「彼にはあんなにご立派なお父様がいらっしゃるの。お父さんと同じ仕事を選んで、警察のお仕事をしているの。でも、それは今のお仕事だわ。お父様の跡を継ぐのなら、森崎の家を出る必要はないわ。もし、彼が森崎の家を出て独り暮らしをしたら、私もついて行くのかな。ううん、お母さんが許してくれないかもしれない。そうなったら、私が森崎の家に行く理由がないもの。彼がいるから、私は森崎の家に通うの。私をかわいがってくださるお父様には寂しい思いをさせてしまうけれど」

「主任、俺は主任と森崎警部がどんな関係かなんて知りません。主任が俺の思い付きにむきになるほど、親しい関係なら、主任の父親である所長にちゃんと言うべきです。主任が森崎警部を大切に想っていることは俺にも伝わりました」

　田村は所長のデスクを見た。

　吉田は一人娘の言葉をどんな気持ちで訊いていたのだろうか。顔の前で広げた朝刊で、表情が見えない。話に加わらない。父親として何を思ったのか、想像する。未だちゃんと彼女と付き合えていない自分はまだ父親になっていない。まして、成人した子どもの恋愛事情を心配するなど。しかし年下の上司である朱美は、真剣に森崎という男との将来を考えているようだ。彼氏という言葉を彼女から聞いていないが、大切に想っているのだ。大切に想える女性がいない自分はそんなに偉いとは思っていない。本題を思い出した。年下の上司の恋愛を分析しているのではなかった。従事している仕事の呼称と総称について話していたのだった。

「主任、そんな深く考えないでください。俺だって、警察にいた時は刑事とは言わなかったんですよ。公務員、と言っていました。だから、同じアパート内で発見された変死体について訊き込みに来た刑事は、管理物件の不動産屋からそいつが公務員と聞いたんだと思います。名前と職業、大家が亡くなったと思われる日にそいつがアパートにいたか、気が付いたことがなかったかを聞きに来たんです」

「警察官のところに刑事が来て、驚いていたでしょうね。でも、刑事じゃなかったから、大家さんの女性が死んだことを知らなかったの。だって、田村のお友達はお仕事で外出していたのだから」

「そいつが一番、驚いたって言ってました。警察の組織で働いていれば、刑事課の人間との接点はあると思います。でも、警察の仕事を離れてしまえば、刑事と知り合いになる確率は低いと思われます。そいつが仕事を終えて、自宅に帰ったところに、刑事が訪ねてきた。しかも、大家が死んでいたと聞かされて。そいつが最後に大家と会ったのは、家賃を手渡しに行った時だったんです。その時、大家は生きていたそうです。元気に封筒に入れた家賃の現金を受け取った、と刑事に答えたようです」

「家賃は銀行振込じゃなくて、手渡しだったの？」

朱美は独り暮らしをしたことがない。実家暮らしだから、家賃を払ったことが一度もない。まして、母親名義の持ち家だから、家賃を支払う必要がない。大学を出て、社会人になったのだから、部屋代くらいは払うように、言われたこともない。だから、家賃を支払う感覚の実感がない。実感がないが、家賃の支払いはおそらく銀行振込だろうと想像していた。現金の手渡しでは、いつ、支払いに来るのかが分からないのだから、大家は支払時期に買い物にも出かけられない。

田村が大きく頷いた。

「家賃は口座振込から手渡しになったんです」

「手渡しは、いつからかしら」

「新しい大家になってから、しばらく経ってからだそうです。ある日、賃貸借契約した不動産屋からポストに封書に入っていて、来月から振込から手渡しになると書いてあったようです。届ける先は大家の部屋と変更の通知があったようです」

「家賃が手渡しになった理由が、あったのかしら。新しい大家さんになったのは女性だったんでしょう？　女性が一人でいる部屋に男性が訪ねていくなんて、私がその女性なら、振込のままにしておくわ」

「そいつは同じことを言っていました。新しい大家は結婚しているらしくて、でも、家賃を支払いに来る住人は全部男ですが、夫以外の男性には関心がなかったらしいんです。家賃を支払いに来た住人から機械的に現金を受け取っていたそうです。機械的なら、振込と変わりがないとそいつは言ってました」

「そうね。変わりはないと思う」なら、どうして手渡しなのだろう。朱美は別の理由があるのか、当事者ではない田村に訊いてしまう。「わざわざ手渡しにする理由を、聞いているのかしら」

「俺が訊く前に、そいつが勝手に話しました。手渡しは口実で、新しい大家は家賃の支払いを終えて帰る際に、あるものを手渡ししたようです」

「あるものって、なにかしら」

「貼り絵って分かりますか？　色の紙を切り抜いて、張り付けて一枚の作品に仕上げたものらしいんです。それを切抜絵といって、住人一人ひとりに配っていたようです」

「田村はそれを見せてもらったの？」

「いいえ、そいつはそれに関心がなかったらしくて、写メにも撮ってなくて、俺は見ていません。ただ、それを玄関扉ののぞき窓に飾っておかないと、帰って来ると別の作品が飾ってあったそうです」

「玄関扉ののぞき窓に飾っておかないと、別の作品が飾られているのね。その女性は、自分の作品に余程の自信があったのね。ところで、その大家さんの女性が使っている部屋は、管理人室というのかしら」はい、と田村が頷く。「そして、そのお部屋の中で作品を作っているのね」

「そいつが言うには、アトリエとして使用していたそうです。家賃を受け取って、一度、奥に下がって、戻って来ると、大家が作ったと思われる作品を渡された、と言っていました」

「その部屋が五号室なのね」

「そうです。それまでは空き室だったみたいです。野郎ばっかりのアパートに女性が引っ越して来て、家賃の支払い方法が変わった。その支払い先は一階の五号室。誰だって、大家が変わったと気付きます」

「その大家さんが亡くなった状態で見つかったのね？」

はい、と田村が再び大きく頷く。

「家賃の支払い日ぎりぎりで行った別の住人が発見しました。ドアを叩いても出て来ない。ドアノブを回すと回ったので、ドアを開けた。家賃を支払いに来たと声をかけても、返事がない。そのまま帰ろうとしたんです。でも、その日が支払いの最終日だったんです。だから、延滞したと思われたくない。だから、玄関を上がって、部屋に入った。台所と奥に二部屋ある間取りで、手前の部屋には誰もいなかった。奥の部屋は閉まっていなかったので、いるのか声をかけてみた。そこは色とりどりの紙が散らばっていたそうです。その中に、月に一度だけ家賃の支払いで顔を合わす大家がいたそうです」

「田村のお友達は見て来たように話したようだわ。発見者は田村のお友達じゃないって言っていたのに」

「そいつは知らなかったのですが、大家が死んだ後、第一発見者とすれ違ったんで挨拶したら、大家の異変を発見した住人だったんです。あのアパートに住んでると言うと、大家が死んだことを知っているのかと訊かれて、訪ねてきた刑事から聞いたと答えたそうです。そしたら、大家の異変を発見した状況を聞かされたようです。部屋の様子から推測するとアトリエとして使っていたんじゃないかって、俺に話しました」

2

読んでいた新聞を丁寧に畳んで、デスクの隅に寄せた所長が部下を呼んだ。

「田村」

「はい」

呼ばれた平の調査員は事務所の代表を見る。

「君は振替半休のはずだが、仕事熱心なことは評価しよう。ただね。朱美は君の話に付き合わされながら、仕事をしている。君の話を聞いて手元が留守になっては、今日中に終わる仕事が終わらない。その場合は、君に朱美の残業代を払ってもらうよ」

吉田はすっかり飲み乾した湯呑茶碗をデスクの手前に移動させた。おかわりの催促だった。田村はまだ、出勤していない人物だから、朱美が立って、給湯室に向かう。お盆を持って、所長と自分の器を回収して戻る。

「君が警察官時代の同期という友達は、実におしゃべりだね。刑事じゃないとしても、警察官として、守秘義務は発生するよ。しかし、口が軽いね。警察を退職した田村に話している。ここにいるのは、元刑事二人と新人調査員の三人だけだ。しかも、調査事務所を唱っている。田村の安易なおしゃべりが、朱美の仕事を増やすと、田村はなぜ思わない」

「俺は友達から聞いた話を主任に話しただけです。俺が話したことで、主任の仕事を増やすとは思って話してません」

「だから、私は君の口が軽いと言ったんだ。口が軽い君の話を聞いた私が、右から左と聞き流すと思ったのかな」

朱美は電気ポットの再沸騰したてで淹れた日本茶を所長のデスクに置いた。田村の分も淹れていた。年上だが部下が引っ張ってきた回転椅子の近くに置く。自分の分は自分のデスクに置いた。お盆を戻しに行かず、そのまま座る。

吉田と田村の会話が給湯室の朱美に届いていたから、所長の魂胆を先に口にする。

「所長はまるで、田村の話に興味を持った様子だわ。田村は警察官時代の同期の人から聞いた話を私にしてくれたから、私の午後の予定が決まったみたいだわ」

朱美は田村の話を聞きながら、午前中の仕事を終わらせていた。デスクの上を一度、片付ける。

「さすがは私の娘だね。指示する言葉が少なくて、助かる」

所長は口調が上機嫌だった。

田村に質問をする。

「亡くなった女性が使用していた一階の五号室だが、何故、その部屋だったのか。田村は調査員らしく考えて、田村なりに答えを出してた上で、朱美に話をしたのかな」

朱美が所長の言葉尻に質問する。

「所長はその部屋だから、意味があるように聞こえたわ」

さすがは私の娘だ、と吉田は朱美の言葉を誉める。田村に問う。

「どうして、その部屋だったのだろうか」

「その理由は、」田村は少し、考える。考えるが、思い当たらない。「そいつにも分からないようです」

「分からないの？」朱美も訊いてくる。

「そいつは住んでるだけですから」

「住んでるだけ、だから、分からない。捜査経験者としては、不十分な回答だね」

「所長がおっしゃっている意味が俺には分かりませんが」

田村は模範解答を吉田に求める。

「そうだね」所長は朱美にインターネットで検索するよう、言い付ける。「南品川ゼームス坂、十五号室。これで調べられるはずだよ」

朱美は素早くキーボードを叩く。二つ目のキーワードでヒットした。スクロールして、共通ワードを口に出す。

「高村光太郎の詩集、『智恵子抄』とあるわ」

「そうだ。南品川ゼームス坂病院の十五號室で高村光太郎の妻智恵子は最期を迎えた。正しく、その場所だ」

住所ではね、と吉田は田村に簡素過ぎる説明をした。

「俺は本を読まないから、分かりませんでした。勉強したのは、ちゃんと警察学校に入る時だけです。有名な本ですか？」

「詩集にしたら、有名な本だと思うよ。いや、その本よりも、ある一編の詩の方が有名かもしれないね」

吉田はその詩を暗唱した。『千恵子は東京に空が無いといふ』の一文で始まる、『あどけない話』という詩の一編だった。

「初めて、聞きました」田村は一度も聞いたことがなかったという。年下で上司の朱美に一縷の望みをかける。「主任はご存じですよね?」

「私も初めて聞いたわ」

朱美も田村と同じだった。

「君たちが知らなくても、かなり有名な詩だよ。そうだね。たまには本屋に行って、探してみるといい」

「本屋に行くんですか?」田村は書店に足を運ぶよりも、オンラインで探したほうが早いとスマートフォンをタップする。検索がヒットして、注文のページになった。確定は押さない。「これで、カートに入れたら、送られて来るのを待つだけです」

「君は色気がないね」吉田はかつて個人書店で店主がはたきをかけながら、立ち読み客を横目に睨んでいたことを思い出した。立ち読みで済ませたい客と立ち読みをさせまいとする店主との攻防は、今では失われてしまった光景だろうか。今では、大型書店が商業ビルに入り、立ち読みを追い出す渋い顔の店主もいない店内で、立ち読みだけで帰る客を咎める書店員もいない。いや、本を探しに書店に行く目的があれば、自然と足が向くだろう。

時代が移り変わり、いつの頃からか、本は画面を通して購入できるようになった。書店も時代に合わせて、オンラインで書籍や電子書籍を販売している。田村はまさにそのど真ん中で生きている。直接、足を運ばなくても、本が買える時代になった。「そんな機械で買って、新鮮みはあるのかな。無理して、本屋に行けと言わない。しかし、一期一会の出会いを逃していると思わないかな」

「さすがは所長ですね。一期一会なんて、難しい言葉を知っています」田村は父親世代の吉田に感心している。その娘だから、朱美も知っているのか訊いてみたくなった。「主任はご存知でしたか？」

「私は母からお茶を習っているのよ」朱美は実家の生業だから、当然、知っているという。

「小さい頃から母の後継ぎになれるように、お稽古してきたわ。今でもね。父の無理強いがなかったら、この時間は母の仕事を引き継げるよう、お教室で母から教わっているわ」

「父親の私が、久江のお前の跡継ぎ教育の邪魔をしているように朱美は言うね」

吉田はここにいるのが場違いという娘に苦笑いをする。朱美はもちろんとばかりに肯定する。

「私はお母さんから教わることが、まだまだたくさんあるの」

吉田は朱美の父親の貌になる。

「お母さんべったりだったら、お前は優とのデートをできていないね。私がどれだけ、セッティングしてやっているのかな。それが分からないほど、お前は子どもだと思いたくないよ、父親としてね」

「優さんとデートができて、お父さんには感謝しているわ」父親の転機がなければ、二人きりの逢瀬が叶わなかった機会を、朱美が一番分かっているから。しかし、それはプライベートではないから。「できれば、純粋に優さんとデートを楽しみたいの」

「優が私と同じ仕事を選ばずに、大学卒業後すぐに森崎さんの意志を継ぐと宣言していたら、お前は今頃、優と純粋なデートしたいと言う時間も取れないだろうね。優の公務とお前は久江の教室の運営で大忙しだ。優が私と同じ仕事を選んだからこそ、お前は優と純粋なデートしたいと言えるんだよ」

「お父さんの口振りだと、優さんがお父さんと同じお仕事に就いたことが、私にとっても、ううん、お父さんにとっても、都合がよかったように聞こえるわ」

「さすがは私の娘だ」父親の正鵠を射る朱美に吉田は娘を誉める。「正にその通りだよ。優の選択は、私にとって、好都合だったんだ。だから、お前が久江の跡取り教育の最中にもかかわらず、私がお前を雇うことができたんだ。だから、私がお前にセッティングした優とのデートであっても、デートができるんだ。お前が優と純粋なデートしたいと贅沢な願望が言えるんだよ」

「私は贅沢なこと、望んでいないもの。ただ、お仕事抜きで、私は優さんとデートを楽しみたいだけだもの」

「お前の細やかなる願望を叶えるのは、今は難しそうだね。私がお前を雇っていなくとも、優が好んで就いた仕事がそれを許さないだろうからね」

「私はお父さんを見てきたから、優さんがどんなに忙しくても、我慢できるの。お父さんが私を入れたい目的でこの調査事務所を立ち上げたのかしらって思うことがあるの。私がいれば、優さんは元上司のお父さんのお願いを聞き届けるわ。それをきっかけにデートもできるから感謝しているの」

「お前も少しは大人になったようだね。仕事がきっかけでも、デートができるんだよ。お父さんに大いに感謝しなさい」

朱美の謝意に、吉田はご満悦で頷いている。

娘との会話が一段落ついて、吉田は田村を見た。

元警視庁の所轄署で刑事をしていた男をスカウトしてきた平の調査員は、父と娘の会話を聞き流すように、スマートフォンの画面を一点に見つめて、タップとスクロールを繰り返している。吉田が検索内容を訊く。

「何を調べている、田村」

「所長が『本屋に行け』とおっしゃられるので、新宿区内の本屋を調べていました。それから、『智恵子抄』という詩集が置いてあるか、を」

「新宿駅の東口に最大手の本屋があるよ。そこなら、きっと、置いてあるはずだ。置いてあるか不安なら、電話して確かめるといい」

「田村がそうしてくれると嬉しいわ」朱美は吉田の提案に乗る。「もし、置いてあったら、行きたいな♡　だって、本屋って、行ったこと、ないんだもの」

朱美の意外な告白に、田村は驚いてしまった。訊き返してしまう。

「行ったことがないって……一度もですか？」

「ええ、一度も」

　本当のことだと、朱美は淡泊だった。

「じゃあ、もし、あったら、一緒に行きませんか……って、所長が許すかな」

　田村は吉田の様子を窺った。

　吉田は大賛成だった。

「久江や森崎さんは反対するだろうけれど、これは調査の一環だよ。世間知らずのお嬢さん上司の案内を頼むよ、田村」

「所長は俺が主任を引率してほしいと言います」

「その通りだよ、田村」吉田は雇う娘を、父親の眼差しで見た。「朱美は父親の私が無理にでも社会に出さなければ、久江が持たせたクレジットカードで買い物をしていた世間知らずも甚だしいお嬢さんだ。まして、森崎さんは久江と同じ考えで、朱美を乳母日傘で可愛がっている。だから、田村が優とは違うお兄ちゃんぶりで、朱美に世間を知らしめてほしい。まあ、多少は乱暴と朱美は思うだろうね。優もまた、久江や森崎さんと意見を同じようだ。久江や森崎さんが見せる世界だけじゃないと、田村が朱美に教えてやるといい」

「いいんですか……本当に、俺で」

　生まれた土地も育った環境も真逆の田村はお嬢さんで育てられた朱美を見る。真剣に、インターネットで検索している。

「本当に、知らないんですね……」おそらくは日本一有名な書店のはずだ。田村は場所が分からずとも、書店の名前だけは知っていた。「ここで、電話で問い合わせ、もし、在庫があって、主任が初めて行く本屋に着いたら、幼稚園児みたいに……」

「年甲斐もなくはしゃいだら、田村が朱美を大人しくさせなさい」

田村が呑み込んだ言葉を、いとも簡単に吉田は口にする。

朱美は反論した。

「私はそんな、みっともない行動を取らないわ」

「そういうことはやらない、と今は言えるね」

そうだろう、田村。吉田は案内する部下に同意を求めている。

「お嬢さん育ちの自覚がない主任が、どんな行動を取るかなんて、俺には想像もつきません」

所長の吉田は言わないが、午後一で出勤早々に外出らしい。田村は直通電話の番号をタップして、電話を掛ける。

田村が在庫を確認している間に、吉田と朱美は話す。

「田村と本屋に行って、その足で田村の友人が住んでいるという南品川のアパートに向かいなさい」

「そこに行って、私は住んでいる人に話を聞いてくればいいのね？」

「いや、何もしないで帰っておいで。ただ、そこがどんなところかを確認するだけでいい。今のところは、依頼を受けていない朱美の外出だからね」

仕事ではない、と吉田は言う。

3

吉田調査事務所所長の吉田は、可愛い部下二人のために昼食を奮発した。馴染みの喫茶店なので、マスターは事務所名で領収書を切った。

一度、事務所に戻る。

調査員の朱美と田村は仕事道具が揃う。

追い出された。

一人残る、吉田。

移動は朱美の車を使うよう、吉田から言われていた。だから、田村は上司の実家に向かっている。事務所から歩いても、五分とかからない。最寄りの地下鉄の出口を通過して私鉄駅の構内を通ると近道になる。構内を通過して、駅前広場に出る。そこからでも一目で分かる、一区画に二つの建物。土地はもちろん、自宅と別棟は吉田の妻の名義だという。

田村は思ったことが口に出てしまった。

「やっぱり、主任はお嬢様だと思うんです」

「私はそんなふうに思ってないわ」

朱美はごく普通に育った子どもだと言う。

「ここは新宿区内でも、高級住宅街です。そこの一区画を持っていて、しかも、自宅以外にもう一つ建物があるなんて、贅沢過ぎます。それに、駅からこんな、丸見えです。この駅からあの家まで歩いても散歩にもなりません。主任はさぞかし、通学は最寄りの駅まで大変、近かったでしょうね」

田村は高校時代、地方にある自分の実家から最寄りの駅まで出るのに自転車を使ったことを思い出した。朱美に話す。夏場は駅の駐輪場に自転車を停めて、電車に乗ると効きすぎる冷房がどれだけ有難かったことか。

朱美は驚いている。

「あら、田村は電車通学していたの？」

「普通は電車通学するでしょう。高校は当然、遠くなるし、その帰りでアルバイトもします。主任は電車通学もアルバイトもしたことがないような口振りですが」

「私は最近まで、この駅を使ったことがないの。大学まで車の送迎だったし、高校まで」

朱美は田村の視線を上の方に向けた。「あそこの学校に通っていたの。だから、ね」

「あそこの学校って」朱美が通っていたという学校は吉田にスカウトされて転職した最寄り駅の看板で知っていた。私立の幼稚園から大学一貫の女子校とあった。たまたま登下校の時間に乗ると、お洒落な制服を見た男子高校生が羨望の眼差しを送っている。何でも、学校にかかる金額が桁違いらしい。「お嬢様学校だって、聞いたことがあります。まあ、駅前にあれだけの土地を持ってる家の子なら、きっと、お受験の苦労もなく受かるでしょうね」

後半は平民の、家には私立の学校に通わせる余裕がないから公立に行ってほしいという親を持った田村の嫌味だった。

しかし、朱美の返答はあまりにも無垢だった。逆に質問される。

「お受験ってなぁに？」

「主任はお受験の勉強をしてないんですか？」

田村はどんな学校に入るにも、試験への対策があると思っている。

朱美は不思議そうに田村を見て、思い返している。

「私、幼稚園に入るのに、お受験っていうの？　そういうお勉強したことがないの。お母さんがお仕事中だから預けられていた森崎の家で遊んでいたら、お洋服持ってきたの。確か、ワンピースとボレロだったかな。『明日はこれを着て、これから言うことを繰り返してね』って言われたの。だから、言われたことを一生懸命、覚えたの。次の日、珍しくお父さんとお母さんと朝からお出掛けしたの。お父さんはお仕事で着ているスーツじゃないしお母さんはお着物じゃなくて珍しくスーツを着てたの。私は昨日、言われたこと、繰り返してちゃんと言ったわ。あと、私と同じくらいの女の子が一つのお部屋に集められて、今までやったこともない問題が配られたの。周りの子は、解いていたけれど、私は今までやったこともない問題だから分からなかったわ。でも解いているふりをしていたら、時間が終わっていたわ。その日は、それで終わったの。あそこの幼稚園に通うことが分かったのは、入園式の前日だったわ。お母さんから『明日から朱美ちゃんは幼稚園に通うのよ』

て言われて、高校卒業まで通ったの」

「普通、幼稚園受験は塾に通わなきゃ受からないと聞きます。なのに、主任はお受験の勉強もしないで受かるなんて、すごいですね」

田村は、小中学校は公立だった。だから、試験を受けた記憶がない。初めて受験勉強をしたのは、高校入試だった。十五の春、というが、将来を決める大切な学校選びと真剣に考えず、入れる学校を選び、受験し合格した。高校卒業後の進路を東京にしたのは、都会に憧れたからだ。テレヴィドラマで見る刑事に憧れて、警視庁警察官採用試験に向けて、初めて真剣に取り組んだ。はれて、合格して、上京した。警視庁に入り、刑事になれた。しかし、今は年下の上司に使われている。

「田村は私をすごいと思うんだ」

「十分、すごいと思ってます」

「私は学校よりも、お母さんの跡を継ぐための勉強を優先してきたの。お母さんも学校よりもお稽古を優先させて、お母さんに言われるままに学校を休んだわ。お母さんは学校の成績よりも、早くいろんなことを覚えてもらいたかったみたい」

学校教育よりも跡継ぎ教育を専念させる朱美の母親の信念を、田村は確認した。しかし、そこまで跡取り教育を施す娘に最高学府の学歴が必要だったのか、訊きたくなった。

「主任はどうして、大学に進学したんですか？　主任の母親は大学に行ってたら、主任も大学に行った理由になりますが」

「お母さんの最終学歴は高校卒業だったかな。お母さんも私と同じように、跡取り娘で期待されていたから、幼稚園から高校卒業まで私立の学校に通ったって聞いたことがあるの。だから、私も高校を卒業したら、お母さんみたいにお勉強に行って、それから優さんとね……」

朱美は言葉尻を濁した。

田村は濁した言葉尻に興味をそそられる。

「どうして、そこに森崎警部の名前が出てくるんですか？　もしかしたら、結婚してたとか」

「さすがだわ、田村。お父さんがスカウトしてきた理由が分かるわ」

正解なのか不正解なのか、はっきりと答えない朱美は父親の先見の明に納得している。

「誰だって分かりますよ、主任の口振りだと」

「私、そんなこと、言ったかしら。結婚する前に、婚約するでしょう？　ううん、その前に、私が優さんを私と結婚する相手として意識することでしょう？　勝手に話を進めないで！」

朱美は一方的に機嫌を悪くする。

田村は男として、森崎の気持ちを推測する。

「森崎警部に結婚願望はないんでしょうか？」

「あれば、私にその言葉をくれていると思わなくて？」

朱美は欲しい言葉をもらえない、と田村に八つ当たりする。

「俺に当たらないでください。俺は森崎警部じゃないんですから」

「分かっているわ。田村は優さんじゃないの。だから、優さんの気持ちを田村が考える必要もないの。優さんの考えもあるし、私の実家のこともあるの。彼が彼の実家で置かれている立場も、私は理解しているの。彼が今の仕事だから、お父さんにとっては好都合なの。私もいるし。それに、お父さんは私が生まれる前から、優さんを知っているの。息子みたいに可愛がっているわ」

「息子みたいって……主任は所長の娘としてやきもちとか焼かないんですか？」

「私は女の子だもの。女の子としての扱いをお父さんなりに気を遣っているのを、私は分かっているわ。だから、お父さんは優さんを息子みたいに思っているから、容赦がないの。女の子の私の代わりに、優さんを選ぶことがあるの。できれば、私のお婿さんに欲しいのかしらって思うことがあるの」

「主任の婿、ですか？」

田村は森崎の詳しい家庭環境を知らないが、果たして、吉田は森崎を一人娘の婿に迎え入れることができるのだろうか。未だに一度も結婚話に進んだことがないので、想像もできない。

朱美はあっさりと告白する。

「お父さんはね、お婿さんなの。だから、あの土地はお母さんの、私のおばあちゃんから相続したから、お母さんの持ち物なの。いつかは娘の私が相続するわ。私が吉田の家を離れたとしてもね」

田村は朱美の跡を継ぐ決意に満ちた口調に、その横顔を見てしまう。それは将来を見据えた頼もしい表情だった。

「だから、森崎警部を婿にですか……だから、今から婿に入ってもらうように、所長は画策している、と」

「田村、言葉が悪いわ。お父さんはね、優さんが森崎の実家よりも私の実家の方が心地良いと思わせる方向に持って行きたい。たぶん、そう、考えてるわ。私には言わないけれど」

「主任、それを画策といいます」

そうなの、と朱美は驚いている。

「じゃあ、私が小さい頃から森崎の家で可愛がられていたのも、その、画策かしら」

「主任の話だと、森崎警部のご実家と主任のご実家はどっちもどっちですね。嫁にもらうか婿にもらうか……て、主任と森崎警部は結婚を約束されている関係のように俺には聞こえました」

朱美が言葉を濁すことはない、と田村は思う。そういう約束が成されている、あるいは、互いに当人同士の合意があれば、結婚が決まる。そして、子どもの取り合いになる様相が想像できる。

「田村はまだ、現実じゃないから、そんなに軽く口にできるの。私はまだ、お母さんの跡を継ぐための勉強が残っているの。彼はそれを利用しているわ。だから、私はまだ、お父さんとお母さんの娘でいられるの」

歩きながら話していたら、吉田家の前についていた。父親の事務所で働く以前は持っていなかったという玄関の鍵を取り出す。差し込んで、開ける。玄関を入ってすぐ目の前に見えたのは、ガラス戸だった。閉められている。人がいる気配がしない。

「主任のご家族は、全員、お仕事ですか？」

朱美の母親は別の場所にいるようだ。日中、家族が不在とは物騒だな、と田村は他人の家ながら心配になってしまう。

「お母さんは昼間、自宅に戻らないの。もう一つの建物があるでしょう。そこがお母さんのお教室なの。私もお父さんの仕事じゃない日は、お母さんのところにいるの。私たち家族が揃うのは、朝早くか、夜遅くなってからかな」

「あの駅から見晴らしのいい家です。主任は何かあったら、と心配じゃないんですか？」

「その心配はないから安心して、田村」朱美はパンプスを脱いで、玄関を上がっていた。靴を揃えて、二階に向かう階段の前で笑っている。「私を心配して、優さんのお父様が最新のセキュリティでこの家を護ってくれているわ。私と一緒だったかしら。もし、田村を不審者と見なしていたら、あと少しで、森崎の家の誰かが来るはずよ。来なかったら、田村はこの家に招いても安心な人物で、田村もお父さんの事務所の一人として登録されていると考えられるわ。

私の車のキーは、私のお部屋に置いてあるの」

　朱美は二階に上がっていった。

※

　朱美が二階に上がり、車のキーを取って戻って来るまで、吉田家には誰も訪問者は来なかった。

※

　田村は吉田家に招いても安心な人物だったらしい。朱美が玄関を施錠して、鍵をバッグにしまう。片手に車のキーを持ったままだった。一度、門扉を出る。吉田家の敷地を出て、朱美は車庫に向かう。リビングルームから降りて中庭から向かうのが一番の近道なのだが、鍵を閉めると遠回りになってしまう。車庫には余裕を持って三台、車が停められるスペースがある。真っ赤な4ドアのクーペと国産車セダンが並んでいた。クーペは母親が娘の自動車免許取得のお祝いに買い与えている。

「運転、お願いね」

　朱美は当然とばかりに田村にクーペのキーを渡す。

「俺が、運転するんですか？」

「田村が運転してくれなかったら……」朱美は自宅に歩いて戻る間に、スマートフォンに送られていたメールを田村に見せる。吉田調査事務所の所長からの、メールだった。件名が『南品川のゼームス荘』とある。面白がっていますね、と部下は苦笑いになる。その上司は不思議がっている。「私がまず、読んで理解しないと、田村にお話しができないでしょう?」

「主任は一応、俺の上司の自覚があるようですね」

田村は朱美を褒めていない。ただでさえ朱美が隔日勤務なのだ。その付けは自然と部下に圧し掛かる。上司が指示を出しやすいよう、報告できるまでをお膳立てしている。所長もまた、平の経験がない、まして、警察官採用試験の受験勉強をしていない、警察官として刑事の捜査経験がない娘に父親は甘いらしい。調査済みで報告書を送ってくる始末だ。

「私はお母さんのお仕事に専念したいのに……」朱美は自宅の向こうの建物を見ていた。

「お父さんがお父さんのお仕事を私に押し付けるから……でも、お父さんが私に押し付けたお仕事だって、お仕事だもの。所長が私に割り振ったお仕事だから、やるわ」

業務上渡されているノートパソコンを朱美は抱え直した。

「いやいやでも、ちゃんと仕事をしようとする姿勢は立派だと思いますよ」

朱美は根が真面目だと、田村は思っている。その証拠に、所長の手心たっぷりの報告を熟読するという。だから、車の運転ができないという。

「田村はね、お友達から話を聞いているの。でも、私は午前中に初めて聞いたの。だから、ちゃんと読まなくちゃ」

「どうぞ、しっかり読み込んでください。読み終わったら、運転、変わってもらいますから」

田村にも、吉田からのメールが届いていた。部下が持ち込んだ話を所長がどんな内容にまとめたのか、持ち込んだ本人が読まなければ話が噛み合わないのだけれど。

「私に運転させるの？」朱美は帰り道も乗っているだけと決めつけているらしい。

「俺は主任の運転手じゃありません」朱美が父親の仕事以外は車の運転をしないと田村は聞いている。専属の運転手とボディーガードにがっちり、護られているから、と。

「確かに、田村は私の車の運転手だなんて思っていないわ。この話は田村が持ち込んできたものなの。田村が知っていると思っていたのに……」

「俺は話を聞いただけです。それを主任に話してたら、所長が勝手に調べ始めたようです」

「そう、所長が調べたの」

話しながら、車に乗り込む。

朱美の車は左ハンドルだから、運転席ではない右側の助手席に座り、シートベルトを締める。揃えた膝の上で、ノートパソコンを起動させて、メールを開く。すっかり読む体勢になっている。

田村が運転席に座り、シートベルトを締める動作の一連で、朱美を見た。目線が、画面に集中している。

「俺が運転するのは、かまわないのですが」朱美の車には最新式のナビゲーションシステムが積まれていた。車好きな女性なら、進んで購入し設置し活用しているが、この所有者はまるで関心がないらしい。誰だかが購入し設置しているナビゲーションシステムを使ってみたいと、田村の手が伸びる。興味を悟られように、所有者に目的地の住所を確認する。

「所長の報告に、これから行く場所が書かれていますか？」

朱美は画面をスクロールして探している。

「あったわ。品川区南品川のね」

田村は素早く住所を打ち込んでいく。機会音で、目的地が設定されました、と流れた。

「さすがは所長だわ。元刑事だからかもしれないけれど、短い時間でこれだけ情報を集められるなんて」

すごい、と朱美は目を丸くしている。

「所長がどこまで調べたかを、目的地に着くまで、主任が俺に話してくれると、俺が目的地に着いてから所長の報告を読む手間が省けます」

しかし、朱美は田村に口頭で伝える気がないらしい。疑問に思ったことが口に出る。

「所長はこの短い時間で、どんな風に調べたのかしら」出掛けずに情報を得る方法を探っている。

「警視庁捜査一課長まで成り上がった刑事です」吉田の情報源を、田村には察しがついていた。「可愛がっていた信頼できる部下は、まだまだ現役です」

「優さん？」朱美にはその一人が思い当たった。田村にも察しがついている人物だが、

「森崎警部を含めてって意味です」

「優さんはそんなにお暇な刑事さんじゃないわ。それに今は……」言いかけて、前言撤回した。朱美は頬をふくらます。「お父さんにも協力できないくらい忙しいの」

「俺は森崎警部とは言っていません」

田村は十中八九、森崎と断定しているが警視庁捜査一課の刑事が直接は動かないであろうと想像する。捜査一課の刑事が信用する所轄署の刑事に協力を仰いで、その報告を電話で吉田にするように指示すれば直結だ。

「警察を辞めたとはいえ、所長は伝手があります。俺はそんな伝手を得る前に警察を辞めてしまいましたから」

「あら、田村にもいるでしょう？」朱美はノートパソコンの画面を曲げた指先で示した。

「所長が興味を持ちそうな話を田村にお話ししてくれる警察官時代の同期さんが」

第二章　田村の友人の話の裏付け

1

田村の運転で南品川のアパートに出発する。ナビゲーションシステムが打ち込まれた住所へと画面が道案内を始めた。

打ち込んだ住所に向かう田村の横顔を朱美は見る。所長の吉田は目的地に向かう前に、立ち寄る場所を指定したはずだった。だから。確認する。

「所長から先に寄るところを言われたでしょう」

「新宿駅周辺で一番でかい本屋に寄るって話でしょう。俺は寄らなくても困りませんが、主任が寄りたければ、寄ります。俺は文章よりも、絵で読んでる方が楽ですから」

「田村は漫画を読むことが好きなのね」

「好きですよ」漫画を悪く言われるが、小説を原作にしたコミカライズがある。その逆に、漫画原作がノベライズされている。文字なのか絵なのか、楽しみは人それぞれだ。田村は後者だし、誰しも漫画に嵌まっていた時期があると思っている。だから、朱美もその一人ではないか、と訊く。「主任だって、少女漫画を読んだことくらいあるしょう。学校内で好きな子ができて、そこから物語が始まる話を」

「失礼ね、田村」朱美は少し機嫌を悪くした、その口調で続ける。「私だって、少女漫画を読んだことくらいあるわ。同級生や先輩の男の子を好きになっていくお話でしょう。私は高校まで女の子ばっかりの学校だったから、同じクラスの中に男の子がいたらって、こんなふうに恋してたのかなって、思って読んでいたわ」

「異性を好きになるのは、学校とは限らないでしょう。家の近所に住んでる友達だったとか、通学する時間が一緒で一目惚れしたとか。シチュエーションはいろいろあります」

「そうみたい。だから、私は知らないシチュエーションに憧れたの。学校に男の子がいたら、とか。乗ったことがない混んでる電車の中、とか。森崎の家で私が興味津々で恋する女の子のお話を読んでいると、お兄ちゃんが覗き込むの。お兄ちゃんは今までのお話を知らないから、私がお話を教えてあげるの。お教えてあげると、お兄ちゃんは私が知らなくもいいことだって言うの。お母さんやお兄ちゃんのお父様の言うことをちゃんと聞いてればいいって。朱美にはお兄ちゃんがいるからって。私はお兄ちゃんが大好きだから、お兄ちゃんといられるとうれしくて、一緒にお話を読んだわ」

田村は根本的な疑問を持つ。

「主任は、少女漫画をご自分で買ったことがあるんですか？」

「私が自分で？」朱美は田村の質問の意図が分からないと言う。「私はおねだりしたことが一度だってないの。おもちゃやぬいぐるみや絵本がつまらないと思い始めていた時に、お兄ちゃんのお父様は毎月、少女漫画の雑誌を私に用意してくれたの。クラスの女の子たちと話を合わせることができて、うれしかったな。お兄ちゃんのお父様が私のためにご用意してくれたの。私はその雑誌がどこで売られているのか、考えたこともないわ」

「お兄ちゃんのお父様って……お兄ちゃんって、森崎警部ですよね？」

「私は一人っ子なの。だから、私には血の繋がったお兄ちゃんはいないわ。お母さんのお仕事があるから、お母さんがお仕事の時は森崎の家に預けられていたから、お父様のお子様たちが私のお兄ちゃんになったの。優さんは私と一番、年齢が近かったの。だから、私が森崎の家で過ごす時は、優さんがお兄ちゃんになったの。お父様のお子様は男の子ばかりだったから、私がお母さんのお仕事中に退屈しないようにって、いろいろいただいたわ。お父様は女の子が欲しかったの。私が預けられて、女の子がいたらしてあげたい願望が私をかわいがることで叶えられたの。私も森崎の家に預けられている時間は、とっても居心地がよかったの」

「主任の口振りだと、ご自分の家にいるよりも森崎警部のご実家に預けられていた時の方が楽しかったように、俺には聞こえます」

「あの家で私が一人でお留守番するよりは、周りに人がたくさんいて、私をかわいがってくれたら、楽しい、と田村は思わない？」

「主任は一人で留守番をしたことがあるんでしょうか」

　共働きの家庭で育てば、自然と一人で留守番もするだろう。田村は経験したことがあるのかを朱美に訊く。

「私が？　一人で？」経験がないと朱美は言う。「母は一人娘の私を、一人でお留守番なんてさせなかったわ。敷地内で母はお仕事しているけれど、お仕事が終わるまで、自宅には戻らないの。昼間は誰も、あの家にいないの。お父さんもお仕事でほとんどいなかったから、小さい時は朝起きて、お父さんがいると、お父さんがお仕事に行くまで甘えていたわ。今にもお仕事に行こうとするお父さんを捕まえたくて、わざと絵本を持ってきて読んでもらったの。ほら、読んでもらっている時はお出掛けしないでしょう」

「主任。それを確信犯と言います。刑事の仕事で忙しい所長を足止めしてたんですね。所長もさぞかし、迷惑だった時もあったと思います」

「あら、娘に慕われていやな父親がいるのかしら。お父さんは私に絵本を読み終わると、急いでお出掛けしていたわ」

「俺は子どもの父親になったことはありませんが、所長が焦って出勤する様は想像できます。子どもにねだられて絵本を読み聞かせをしていたから遅刻したというのは理由になりませんから」

「そういうものなの？　私はもっと読んでほしかったのに」

「典型的な『大好きなパパがいるから甘えたい一人娘』だったんですね、主任は」

「お父さんがいる時は甘えたいと、子どもだったら思わない？　田村は父親に甘えたことはないの？」

「俺は、男です。いつまでも親にべったりなんてしてません。男ですから」

「男の子女の子は関係あるのかしら。私だって、お父さんに絵本を読んでもらって喜んでいたのは幼稚園に入る前だったわ。お仕事でお父さんは忙しかったから、母やお兄ちゃんと過ごす時間よりもお父さんと過ごす時間が少なかったわ。一緒にご飯を食べた記憶もあまりないくらいだもの。今になってだわ。お父さんが東京に帰って来た私をむりやりお父さんの事務所に入れて、あんなに一緒に過ごせるようになったのは」

「所長が警察を辞めたのは、娘と過ごす時間を取りたかったんでしょうね。調査事務所を立ち上げて、警察の経験のないご自分の子どもを入れたんです。ようやく、ご自分の子どもと過ごす時間ができたんです。主任が入って来てから、所長の機嫌がいいのも納得できます」

「私が入ってからお父さん、ううん、所長の機嫌がいいって本当なの、田村」

初耳、と朱美は目を丸くしている。

田村はその通りだと言う。

「いいですよ。主任は所長の子どもで女の子ですから、自然と叱っても口調が優しんです。他の野郎どもには、本当に所長は容赦がありませんから」

「知らなかったな」特別待遇の叱責方法に朱美は驚いている。将来の不安をこぼす。「私が吉田の家からお嫁に出ちゃったら、お父さん、寂しくなるかもしれないね」

「主任は一人娘です。本気で寂しくなるんじゃないかって思っているのなら、森崎警部が婿に入ってくれるように今から主任が誘導することを勧めますよ」

「田村に言われる筋合いはないわ。お父さんが優さんをかわいがっているのは、ちゃんとした理由があってのことだもの。私は分かっているから、お邪魔しないの。でも、優さんにも森崎の家の事情があるの。私は分かっているの。だから、彼は私が欲しい言葉をくれないの」

「主任。それって、森崎警部からの……」

「田村、それ以上は言わないで。彼が私にその言葉をくれたら、彼と私の生活は一変するの。それが分かりきっているから」

「なかなか複雑な事情を抱えているみたいですね」

「田村だって、彼女が大好きになって結婚したら、奥さんになる彼女を護っていくの。彼が置かれている事情を彼以外は理解できないわ。小さい頃から一緒にいる私なら理解できるけれど。愛する女性を護っていく決意は、彼も田村も同じ決断するの」

「主任は結婚の話になると、むきになりますね」

「私だって、結婚できる歳になっているの。田村は私よりも年上なんだもん。同級生の子は結婚している人もいるでしょう？　親になっている人もいるでしょう？　田村のご両親だって、息子がいつ、お嫁さんを紹介してくるのか待っているはずだもの」

「俺の結婚は、俺にちゃんと彼女ができてから考えることです。主任のように、ちゃんと森崎警部を彼氏と思えていない今の状況だから、結婚という言葉に強い反応を表すんだと思います。主任が森崎警部を本気で好きになったら、俺はよく解らないけど、主任の母親がかける期待に応えるよりも早く、主任から森崎警部と結婚したいと自分から言ってるはずですから」

「私は彼を好きだわ」朱美は森崎を異性として、大いに意識していると告白する。「彼だって、私を愛してるって言ってくれるし」

「それって、どういうシチュエーションでしょうか？」

田村は男だから、大方の予想がついている。自分だって、彼女を愛する時は彼女にだけ伝えている。

「どういうシチュエーションって……、そうね。彼と二人きりになった時とか、ね」

朱美は田村を男として、理解できていると言う。

「俺にも、主任みたいに変則な仕事を理解してくれる彼女ができたらいいですね」

森崎警部は幸せ者ですね、と田村は羨望してしまう。彼が愛してやまない朱美もまた、彼を今は愛という感情ではないが好きなのだ。それぞれの家庭の事情があっても、二人は両想いなのだから。

「そうね。田村の仕事を理解している彼女ができることを、所長も期待していると思うわ」

朱美は改めて、吉田がメールで添付してきた報告書を目で追う。この情報源を所長は身内であっても明かさないだろう。田村も同じだ。今回はたまたま、口を滑らせただけだからだ。元刑事の情報網は、信用で成り立っているのだ。警察という組織に属した経験がない素人に伝手の当てが一つもない。上司と部下からもたらされる報告があるから、仕事ができているのだから。

「このまま、品川区のアパートに向かうの？」

朱美は田村の運転で部下がナビゲーションシステムに入力した住所へと走っていることを確認する。

「その前に、新宿で本屋に寄るように所長から言われてるでしょう？」

本を探しに、と田村は新宿駅へ進行方向を変えた。ナビゲーションシステムの案内から外れる。

「確かに、所長には先に本屋に寄るように言われたわ。でも、間に合うの？」

「何に間に合うんですか、主任」

田村はこの後、人と会う約束をしていない。だから、到着時間を気にしていない。まずは書店で詩集を購入し警察官時代の同期が住んでいるというアパートに向かう。所長は情報源と連絡を取れとは言わなかった。もっとも、同期の友人が職務中なら、留守番電話に切り替わるはずだ。

「今日は本屋で所長が指定したご本を買って、その後に田村のお友達が住んでいるアパートを見に行くだけなのね」

「俺たちは刑事じゃありません。元捜査一課の刑事だった所長に雇われている調査員です。たまたま俺が聞いてきた話に興味を持った所長が俺たちを向かわせています。現場を確認したら、現場だけ確認して事務所に戻ります」

「分かったわ。今日は田村のお友達に会えないのね。残念だわ」

「今日、主任に話したばかりです。今日の今日です。そいつにはそいつが住んでるアパートに行くことをメールしてあります。時間の余裕があれば、俺に電話をくれるはずです」

「田村のお友達から電話があったら、私に教えてほしいわ。所長はもっと、教えてほしいと言うかもしれない」

「主任。かもしれない、じゃありません。教えてほしい、と言っています。俺もそいつから電話があったら、あったと報告しますから」

「待っているわ、田村」その前に、と朱美は購入する書籍を画面で確認した。「領収書は『吉田調査事務所』で切ってもらいましょう」

「主任の言われるまでもなく、俺が書いてもらいますから安心してください」

田村が運転する朱美の車は、新宿駅の喧騒を目の前にしていた。

新宿駅前を真っ赤な左ハンドルの外車が走る。住宅地では珍しい車両でも、さすがは通行量の多い幹線道路ではすっかり見慣れた光景だった。

田村は提案する。

「俺はこの車を路肩に停めて、ダッシュで買ってきます。ですから、主任は車に乗って待っててください」

私も行きたい、と朱美は言いだす。

「田村が一人で行ってきたら、私がいつ、初めて本屋に行けるのかしら」

「知りませんよ。そんなに行きたかったら、森崎警部とのデートで連れて行ってもらったらどうです」

「優さんは私が行きたいと言っても、私には必要がないって、連れて行ってくれないの。人がいっぱいいる所だからと、連れて行ってくれないから」

「それは森崎警部が主任を大切に想ってるからです。彼女に振られ続けてる俺だって分かることです」

「あら、優さんは私を愛しているから、人がいっぱいいる所に連れて行ってもらえないことぐらいは、私にだって分かるわ。お父さんがむりやりあの事務所で働かせていなかったら、優さんの優しさに甘えていたわ。でも、ね。私は知ってしまったの。お母さんや森崎の家の人たちが私に見せたくなかった世界が、どんなに広かったのか。だから、田村に案内してほしいの」

そうね、朱美は乱立するデパートの看板をフロントガラス越しに見上げた。

「デパートの駐車場に停めましょう」

「何か買わないと、駐車料金取られますが」

「何か買わないといけないのね」私が今、欲しい物は何かしら。朱美は考える。思いつかない。だから、「所長へにおみやげを買いましょう」

「もちろん、主任の持ち出しですよね？」

田村は自分の財布に余裕がないことを、事前に告白する。朱美は意に介さない。

「もちろん、田村にも半分出してもらうわ」

「一般庶民が買えるお菓子くらいなら、俺は半分出します。高級なお菓子なんて買って行ったら、所長は経費で落としてくれないと思いますよ」

「娘の私がお父さんのために選んで買ってきたって言ったら、考えてくれるかもしれないでしょう?」

「主任が父親のためというのなら、俺も父親を思い出して買ってきたと言ったら、経費として認めてくれるでしょうか」

父親が娘を部下にした吉田の親ばかぶりを短期間ながら見てきた。見てきたから、可能性はあるのではないかと田村は朱美に話を合わせる。

「田村がそう言うのなら、所長はきっと、認めてくれるわ」入所するまで、自分で財布を持つ必要がなかった朱美は前向きだ。「だから、デパートの駐車場に停めましょう」

「主任の言う通りにしますよ。駐車券が無料の時間内に出たいので、ゆっくりお菓子を選んでる時間の余裕はありませんよ」

書店と往復する距離を確認しながら、田村は出入口を探す。

田村の運転で朱美の車が、デパートの駐車場に入る。

「車を停める場所は、俺はどこでも構いませんが」駐車場から売り場に出る。田村は慣れない高級志向の品物に囲まれていた。値札を見なくとも、零細な調査事務所の給料ではとても手が届かないことが見て取れる。「主任はこういう場所での買い物は、さぞかし、慣れていると思いますが」

「私？　私もお買い物に来ないわ」かわいい、と右に左と朱美は煌びやかな高級ブランドの品物に目移りしている。「だって、デパートの人が来てくれるから」

「いわゆる、外商の人が家に来てくれるんでしょ？　十分、金持ちですよ」

田村の言葉は貧乏人の嫌味だ。

「私はそんな風に考えたことはないわ」

朱美には小さい頃から見慣れた森崎家の風景だった。吉田の実家も、母親に付き合いのある業者が出入りしていたから、当然だと思っている。

「『そんな風に考えたことはないわ』ってさらりと言えるほど、主任は恵まれた環境で育ったようですね」

「私にとっては、普通だったわ」

朱美はフロアの案内の前で足を止めた。

物珍しそうに見ている。

「さて、どこで買い物をしましょうか」田村は並んで、助け舟を出す。

「何か、買わなきゃいけないの？」朱美の質問はお嬢様、そのものだった。

「何も買わなかったら、駐車料金を取られます」

「何か買ったら、取られないの？」

「時間と金額によりますが」

田村は駐車した時刻から経過した時間を腕時計で確認した。

「田村とデートしているみたいだわ」そして、朱美は相手が違うと嘆く。「優さんとだったらよかったのに」

「俺だって、主任とデートしてるとは思っていませんから、安心してください。そうですね。食料品売り場に行きましょう。お菓子を買えば、所長へのおみやげにもなります」

「私が選びたいな♡」朱美の声は弾んでいた。「田村よりも、私の方が美味しいお菓子、知っているもの」

「所長が経費として許すのであれば、ですが」しかし、買うのは後回しだと田村は朱美に釘を刺す。「所長が言っている本を買ってからです」

「そう、先に本屋に行くの♡」

どこかしら、と朱美は軽い足取りで書店の場所を田村に訊く。

「すぐ、近くです。取り置いてもらっていますから、買ったらすぐにここに戻って、主任にお菓子を選んでもらいますから」

「私は初めて本屋に行くの。そんな急ぎでお買い物したくないわ」

「仕事中ですよ、主任」

田村も大型書店には馴染みがない。だから、本屋初体験の朱美とは別の意味で物見遊山になるだろう。電話で問い合わせていたから、そのまま向かう。

2

ビル一棟、丸ごとの書店。一階の積まれている新作や話題の書籍に、朱美はまず、目を奪われた。「すごい数の本だわ。森崎の家の書庫とは比較にならないわ」言葉遣いこそ上品だが、取っている行動は大人とは思えないほど幼い。

田村は興味を持っていないが、朱美のはしゃぎ方を見ていると自然と持ってしまう。

森崎優の実家には、書籍を所蔵する『書庫』なる部屋があるらしい。地方に実家のある田村の地元の友達の家には本棚があったが、書籍を専門に所蔵する部屋があったとは聞いたことがない。『書庫』として使用できる部屋が余るほど、朱美が預けられていた家は大きいらしい。

思ったことが口に出てしまった。

「森崎警部のご実家は金持ちなんですね」

「ええ、お金持ちなの」朱美の言葉に驚きはなかった。ついでのように、自宅にも生活以外に使っている部屋があると言う。「ご本ばかりを置いてあるお部屋はないけれど、お着物とお茶とお花のお道具のお部屋があるわ。だって、お母さんのお仕事に必要な物ばかりだもの」

華茶道の道具室があるのが普通だと言う朱美に田村は、育った環境の違いを痛いほど感じてしまう。だから、「主任のご実家も立派にお金持ちですよ」やけっぱちで言ってしまう。

朱美はあって当然のような口振り。「私はそんなふうに思ったことはないわ。森崎の家はもっと、大きいしお部屋もたくさんあるの。それにしても、本屋って本当にご本がたくさんあるのね。森崎の家の書庫にもたくさんのご本はあるけれど」初めて来たという書店でパンプスの踵を響かせてスキップしそうな勢いだった。

案の定、父親の心配は的中した。

娘は幼い子どもの様にはしゃぎ始めた。

「落ち着いてください、主任。いくら、本屋が初めてだからって」年下の上司だから、妹を思う兄の気持ちで注意をする田村。注意しながら、興味から朱美が比較対象とする部屋の広さを訊いてしまう。「そんなに広いんですか、森崎警部のご実家の『書庫』というのは」

「ええ、広いわ。私がちっちゃい時は、かくれんぼができるくらいにね」

「それは主任が小さい時の話でしょ」子どもがかくれんぼして遊べるほどとは、確かに広いのだろう。田村は鬼役が誰だったたか、気になった。「ちなみに、隠れてる主任を探したのはきっと、森崎警部だったたんでしょ。広いと言っても、隠れる所は限られています。主任の『もう、いいよ』っていう声に、すぐに見つけられたんでしょうね。見つけられたんです。もちろん、主任も鬼役で隠れた森崎警部を探したんでしょうね」

「お兄ちゃんはね」当時を思い出して、朱美の口調は幼くなった。「私よりも十歳年上なの。お父様の期待に応えるために、お父様が指定する中学の受験のお勉強に忙しかったの。ううん。お父様の期待通りの学校に進んでからは、お父様が指定する大学のためのお勉強を始めていたの。お勉強で忙しいお兄ちゃんと遊べる時間は少なかったわ。お母さんがお仕事の時は、私は一人ぼっちだったの。森崎の家で一人ぼっちの私が退屈しないように、たくさんの人たちが私と遊んでくれたの。お母さんがお仕事だって分かっていたから、お母さんと一緒に過ごしたかったけど、私が退屈しないようにかまってくれるの。私は遊んでくれてうれしい顔を見せていたわ」

田村は幼いながらも大人への気遣いをする朱美を可愛そうだと思った。

「主任。そこは素直に母親の傍にいたいとわがままを言っても許されると思います。子どもなんですから」

「私だって、いつもいい子じゃなかったわ。お母さんと一緒にいたいって泣いたこともあるの。お父様がいらっしゃる時に、私がお母さんと遊びたいって泣いていると、お父様、とっても、困った顔をしたの。お父様は私の父親ではないわ。お兄ちゃんの父親なの。私が一人で寂しくお留守番しないように、預かってくれるの。私は困っているお父様の顔を見て思ったの。私がお母さんと一緒にいたいって思うのはわがままだって。だから、預けれているあいだは、私をかまってくれる人たちを困らせちゃいけないって」

「主任は物分かりが良過ぎます。そんな小さい時から物分かりがよかったら、抑え込んでる気持ちがどこかで爆発します」

「そうね。抑えられなくなるの」朱美は相好を崩した。「そういう時はね、思いっきり、お兄ちゃんに甘えるの。お兄ちゃんがお勉強してる時に、私が学校のお勉強が分からないって、邪魔をするの。本当に分からない問題もあったわ。教えてもらう時は一緒にいられるでしょ？　お兄ちゃんは頭が良いし教え方が上手だから、私が理解するまで教えてくれたわ」

「主任が理解するまで教えていたら、森崎警部の大学受験は楽勝だったんでしょうね」

「どうして、そう思うの。田村は」

田村の言っている意味が分からないと朱美は言う。

「応用問題ばかりやってたんじゃ、受験問題は解けません。基礎がしっかり理解できているから、難しい問題が解けるんです」

田村は受験勉強の経験から、心から言える。

「田村の言う通りだとすれば、私のお勉強を見てもらったことは、お兄ちゃんの受験勉強の役に立ったのね」

それなら、もっと、うれしい。朱美は殊更に相好を崩した。

田村は単純過ぎる朱美の理解に、呆れかえってしまった。

「きっと、そうなんでしょうね」

エレベーターの前で会話が一段落した。

上階を呼ぶエレベーターを待つ間、朱美は階数のボタンを見ていた。誰かが呼んでいたらしい。ドアが自動で左右に開いて、乗り込む。年下の女の子が一緒なのだ。彼女ではないが、それとなく守り乗り込んだ。ドアが閉まり、上昇する。箱内でフロアガイドに興味を持って見ているその横顔を見ながら、田村は思う。

おそらくは、預けられていた森崎という家で朱美は実の娘のように育ち、末っ子だったのだ。森崎には二人の兄がいて、三兄弟だと聞いたことがある。末っ子のはずの森崎が十歳も下の朱美が預けられて、一番歳の近い兄として面倒を見るように言われて。戸惑いはなかったのか、田村は自分に置き換えて考える。そんな幼い頃から一緒にいて、恋愛感情は芽生えるのか。親の仕事の事情で預けられて、兄と妹という環境で育った関係から感情の変化で男と女の関係になれるのか。

森崎は朱美を女と見ている。田村にも明確に見て取れる。時に兄のように温かい目で見守る様子にもどかしさを覚えることがある。

朱美も、森崎を男として頼る姿は女そのものだ。田村も朱美のように彼女に頼られたいと心から願うことがある。朱美が森崎を頼るその様は、大好きな恋人に甘えている。彼氏、いや、恋人と意識できていないのだ。まだ、少女気分が抜けきれていないのだ。お兄ちゃんから恋人に昇華できていない。昇華できていないから、朱美は父親の会社で働いているのだ。森崎も警察の仕事に未練を残しているから、今でも警察官なのだ。しかし、田村は警察を辞めている。しかし、辞めたのはそれなりの理由があったのだが、辞めたはいいが調べることに未練があったようだ。

田村が吉田調査事務所の所長からスカウトを受けたのは、現職の時分だった。所轄刑事の仕事に不満はなかった。不満はなかったが、辞表を書いていた。書いた辞表を上司に提

料金受取人払郵便

新宿局承認

7552

差出有効期間
2024年1月
31日まで
（切手不要）

郵便はがき

1 6 0-8 7 9 1

1 4 1

東京都新宿区新宿1－10－1

（株）文芸社

愛読者カード係 行

ふりがな お名前		明治 大正 昭和 平成	年生 歳
ふりがな ご住所	□□□-□□□□	性別	男・女
お電話 番　号	（書籍ご注文の際に必要です）	ご職業	
E-mail			
ご購読雑誌（複数可）		ご購読新聞	新聞

最近読んでおもしろかった本や今後、とりあげてほしいテーマをお教えください。

ご自分の研究成果や経験、お考え等を出版してみたいというお気持ちはありますか。

ある　ない　内容・テーマ（　　　　　　）

現在完成した作品をお持ちですか。

ある　ない　ジャンル・原稿量（　　　　　　）

書　名			
お買上 書　店	都道 府県　　市区 郡	書店名 ご購入日	書店 年　月　日

本書をどこでお知りになりましたか?
1.書店店頭　2.知人にすすめられて　3.インターネット(サイト名　　　　)
4.DMハガキ　5.広告、記事を見て(新聞、雑誌名　　　　)

上の質問に関連して、ご購入の決め手となったのは?
1.タイトル　2.著者　3.内容　4.カバーデザイン　5.帯
その他ご自由にお書きください。
(　　　　)

本書についてのご意見、ご感想をお聞かせください。
①内容について

②カバー、タイトル、帯について

弊社Webサイトからもご意見、ご感想をお寄せいただけます。

ご協力ありがとうございました。
※お寄せいただいたご意見、ご感想は新聞広告等で匿名にて使わせていただくことがあります。
※お客様の個人情報は、小社からの連絡のみに使用します。社外に提供することは一切ありません。

出をしなかった。書いて、満足していたのかもしれない。辞表を書いたが提出しない宙ぶらりんな状態の頃から、田村は森崎を見知っていた。捜査一課配属で二十代の若さで警部の階級を拝命していた。それとは真逆に、高卒で警察学校を経て巡査の階級で警察官のスタートを切った。交番勤務から運よく刑事課に配属された。そこで森崎とは顔を合わせた。しかし、森崎とは警察官のスタート時点が違った。森崎はキャリア採用だから、出世は約束されている。田村のような、高卒のノンキャリアの巡査なんて、目にも掛けてくれないだろう。案の定、その通りだった。事件の捜査本部で指名されれば、報告するだけの兵隊だった。入庁の違いでこんな待遇が違うのか、身に染みて感じた。大卒でもない高卒のノンキャリアだから、昇進試験を受ける資格を得て、受かったとしても、昇進の限界はある。だから、辞める気持ちもなく辞表を書いたのかもしれない。警察官を辞めて、何をしたいか、なんて考えていなかった。そんな、迷いの日々で吉田が声を掛けてくれた。先代の警視庁捜査一課長が吉田と名前は聞いてたが、雲の上の人物だったので、驚いた。恐縮しながら、話を聞くと、近いうちに、吉田は調査事務所を開設すると言う。その調査員を探していると言う。かつての警視庁捜査一課長が直々に、下っ端も下っ端の巡査をスカウトしてくれたのだ。田村は二つ返事で、吉田のスカウトを受け入れた。書いたままの辞表を上司に提出する。再就職先を聞かれたので、かつての警視庁捜査一課長が開設する調査事務所だと言うと上司は驚き、また、先代の警視庁捜査一課長の吉田が調査事務所を開設する噂は人伝にあったらしい。羨望と無謀の眼差しで警察を去る部下に上司は励ましの言葉を贈ってくれた。吉田の調査事務所の開設の人員として田村は再就職を果たした。そして、数年後、ふらりと森崎が吉田調査事務所に現れた。今年の春のことだった。今年の春に、所長は素人の娘を入所させた。大学卒業したてに見えたが、一年前に卒業をしているという。第二新卒での就職かと推測したが、違った。この春まで東京を離れていたが、帰って来たばかりで父親の会社に無理矢理、入れられたようだ。警察官ではない、まして、刑事の経験がない所長の娘は田村の上司になった。その娘は森崎と面識があるどころか、親しい関係にあるらしかった。所長も森崎を名前で呼び捨てにしていた。父と息子のように会話に容赦がない。娘は所長と森崎の親しい様子に、幼い子どもの様に声を上げていた。その様子に所長と森崎は、優しく笑っていた。森崎は娘を呼び寄せて、所長に不満をぶつける。朱美にこの仕事を押し付けたことを。吉田は甘やかされて育った朱美を見かねた、と反省の色を見せない。田村は端から傍観するしかなかった。田村だけ部外者だったから。部外者とはいえ、時間が経てば、親しくなる。かつては捜査本部で指揮を執っていた森崎と兵隊でしかなかった田村は話をするようになっていた。朱美目当てなのは、明白だった。朱美も口では文句を言っていたが、森崎といられることがうれしいらしい。父親がいる前なのに、平然と甘えていた。だから、朱美と森崎は親しい以上の関係と田村は思い、朱美に訊く。朱美は森崎と婚姻を結ぶ関係のようにほのめかす。詳細は語らない。所長も田村には、朱美と森崎の関係を教えてくれない。田村も所長にあえて訊かない。答えてくれないことは分かっているから。だから、田村は推測する。朱美と森崎には家族ぐるみで付き合いがある、と。だから、森崎の実家の間取りを朱美は熟知しているのだ。熟知しているから、森崎の実家に書庫があることを知っている。

田村が一人で考えられる程、朱美が大人しい。初めて書店に来たという年下の上司を、年上の部下が様子を窺う。フロアガイドをまだ見ている。二人が降りる階は押されていなかったらしい、田村は焦って階数ボタンを押した。

問い合わせで聞いた階数に着いた。田村は吉田や森崎が可愛がる女性が小さな段差でつまずかないよう、それとなく見守って降ろす。

田村の気遣いに気付いていない朱美はエレベーターを降りて、フロアを見渡した。目を輝かせるが、来店の目的を思い出して、本の受け取りはどこなのかしら、と探す。田村が引き受ける。

「主任は適当に見て回っていてください。俺が行きますから」

田村は問い合わせた本人だから、レジの案内板が見える方向に歩き出す。取り置きの詩集を受け取り、支払いを済ました。事務所の名前で領収書を書いてもらう。

数分とかからなかった。

品物と領収書を仕事道具一式のデイバッグに仕舞った田村は、フロアという野に放った世間知らずの上司を探す。

朱美は少女小説のコーナーにいた。

白いブラウスに黒いセットアップ姿は、小柄のせいかもしれない。就活生が息抜きに子どもの時に好きだった本を見に来た大学生に見えた。だから、百八十近い巨漢の田村が近づき、声を掛けることに気が引けた。

メッセージを送っていた。

メッセージ受信のメロディーに朱美は、手に取っていた本を置いてスマートフォンを代わりに手に取る。

待機画面には田村の名前。

本文を開かないで、周りを見渡す。

田村を見つけた。

もう受け取ったの、朱美は目で訊いている。

田村は朱美が無垢な笑顔でこちらに来るのを待たずに、エレベーターに向かって歩き出していた。

朱美が追い付く。

「どうして声をかけてくれなかったの？」

巨漢と小柄が並んで、朱美が訊く。

かわいくて、自分から声を掛けられなかった。田村の本心は別の言葉になった。

「主任があまりにも楽しそうだったんで、邪魔をしちゃいけないと思ったからです」

「そう、懐かしいなって、見てたの」朱美が話しだす。「小学生の時に好きだった少女漫画が原作の小説があったの。映画にもなってね。お兄ちゃんのお父様がＤＶＤを買ってくれたの。それをね。お兄ちゃんと一緒に観たなって、思い出してたの」

「映画館で観なかったんですか？」

朱美が、それはなに、と訊く。

わざと惚けている様子はない。本当に知らない様子に、田村はエレベーターの前で声を上げたかったが周りに人がいたので声を押さえて朱美に訊く。

「主任は映画館に行ったこと、ないんですか？」

「ないわ」

「映画館って、どんなとこか、知っていますか？」

「知らないわ」

知らないの、と認める姿を見ると田村は朱美と育った環境の違いを肌で感じてしまう。

朱美は田村に質問をする。

「行くものなの？」

「行って、お金を払って観るものです」

「観に行くものなの？　わざわざ観に行くのね？」

「わざわざ観に行くんです」

「そうなのね。だったら、」朱美は今横にいる田村以外の人物と行きたいという。「優さんとの今度のデートで本屋と映画館に連れて行ってもらいたいな♡」

「それは森崎警部と話してください」

「うん、そうする」

朱美は約束もできていないデートのプランを待ち望みしている。

俺じゃないんですね、田村は朱美にデートする対象の男性でないことに落胆する。今、一緒にいるのは仕事の同僚だから、と気持ちを切り替えた。車を駐車しているデパートの無料の時間が気になった。

「ここでもたもたしてると、所長へのおみやげを買う時間が無くなりますよ」

「そうね。所長にお菓子を買う時間が少なくなってしまうわね」

朱美が次の売り場への期待で浮足立つ中、エレベーターが到着して開く。

田村は朱美を女性として見ているから、道を作って、乗り込む。

不器用に連れている女性を護ろうとするその姿に、可笑しさを堪えきれずにクスクスと笑う朱美。

田村は今のところ、彼女はいない。

いないが、朱美を所長の大切な娘として預かっているから、彼女を連れている気分で見栄を張る。

「俺だって男です」

「田村に優しくされちゃったって言ったら、お父さん、田村を誉めてくれるかしら」

「主任が俺のデートの予行練習になってくれたら、嬉しい。と言ってくれるかもしれません」

「そうね。今日のお出掛けは正式じゃなくても、依頼人は田村なの。田村が言い出したんだから、田村が責任を取らなきゃいけないの。そして所長は私に社会勉強をしてきなさいって、田村と連れ出したの」

朱美は女の貌で田村を見上げた。

声をひそめる。

「大丈夫だと思う、田村は」

「何が大丈夫なんですか、主任」

「私を上手にエスコートできたから。彼女にやってあげたら、きっとね。喜ぶわ」

「主任は一日も早く、森崎警部を男と見てあげましょう」

「大丈夫よ。私はちゃんと彼を男として見ているから」

だからね、と朱美はごっつい田村の手を見る。

「私は田村を彼氏と思っていないから、手をつながないの」

「俺も主任を俺の彼女と思ってないので、主任と手をつなぐ気持ちなんて起こりません」

「本人を目の前にして、振らないでほしいな」

「そもそも俺は主任に片思いもしてないので、安心してください」

「私も田村のこと、何とも思っていないわ」

「所長が一緒に行け、と言うので、来てるだけですから」

一階に到着して、田村は年下の上司を護りながら降りる。何人かの男の視線が朱美に集まった。

「仕事中ですが、デートのシチュエーションが相応しいようです」

小柄な朱美の体を大柄な田村は引き寄せた。

不思議そうに見上げてくる。

「デートしてる設定の方が、主任の安心は確保されますから」

田村は足早に書店を出る。

3

デパートで買い物をして駐車場に戻り、田村は朱美の車に装備されている最新式のナビゲーションシステムで入力した住所へのルートを確認する。

無料の時間内で戻れたので、料金の支払いをせずに出る。

ここから、新しい所有者が『ゼームス荘』と変更したかった場所に向かう。

田村が運転をする。早速、朱美は書店で買った詩集を手に取っていた。

会話の代わりに、車内にページを捲る、かすかな紙の擦れるだけが響き渡る。

大井町駅前を朱美の真っ赤なクーペが走る。

田村はナビゲーションシステムと睨めっこしながら、曲がるタイミングを計っていた。

「ここですね」

アーケードを右に逸れた。

丁目を分ける一本道は緩やかな下り坂だった。道路の脇には『ゼームス』と冠した建物が目に付き始めた。

「あれが、幽霊坂かしら」

案内板が出ていない。すっかり明るい雰囲気の脇道は日当たりが良かった。

朱美は詩集ではなく、パソコンを開いて見ている。検索エンジンで『ゼームス坂』を検索していた。その中のブログで紹介されている場所と比較している。

「もう少ししたら、ここが『ゼームス坂』になったきっかけになった人が住んでいたというマンションが見えるはずよ。その脇道を入ったら、『ゼームス坂病院』あった所に石碑があるみたい」

「ブログの受け売りとはいえ、主任直々の観光案内をいただき、ありがとうございます」

築五十年を超える九階建てのマンションの脇道で左に曲がる。しかし、道幅が狭い。その先には住宅地があるばかりだ。

「俺の同期、いえ、元同期のアパートは近くにあるようです」

田村は駐車できる場所を探している。あるいは、敷地内に駐車スペースがあれば朱美の車を停めて、じっくりと現場を確認したい。

周辺には、五階やら九階やらそれ以上に高いマンションやアパートが乱立している。その中で、ひっそりと二階建てのアパートがあった。田村の友人の住居だという。

現場に到着した。

「お疲れ様でした、田村」

朱美は運転してくれた田村を労う。

「はい。本当にお疲れ様でした、俺」

田村は上司の運転手をしたことに自分で褒める。

「主任、ここが『ゼームス荘』のようです」

田村は車の中から建物を仰ぎ見た。パワーウインドウは降り切っている。

「そうみたいね」

朱美は車の外にいた。

「私は一人で暮らしたことがないの。これからもないと思うわ。もし、田村だったら。大家さんが亡くなって、住んでいる田村には関係あるかしら」

朱美は上京してから十年、一人東京で頑張って暮らしてきた田村に訊く。

上京して十年の田村が答える。

「家賃や環境が変わらない限り、関係ありません」

住んでるだけですから、田村は警察官時代の元同僚の言葉を繰り返した。

吉田調査事務所所長は現地の確認だけしておいで、と言った。だから、朱美と田村は下見だけして事務所に引き返した。

帰りも田村が運転した。

朱美の車を使用したのだから、吉田家の車庫に戻した。所有者はわざわざキーを自宅の部屋において来る、と玄関で田村を待たせた。

相変わらず、人の気配がなかった。まだ、朱美の母親は別棟で仕事中らしい。

朱美の母親は別棟で仕事をしているから、人の気配がないのは当然なのだ。母屋に娘がいるだけでも安心感が違うだろう。まして、一人娘が傍にいないのだ。さすがに朱美の母親が心配しているだろう。それとも、父親の手元にいるから、安心して仕事をしているのだろうか。

父親が横やりを入れなければ、自宅の敷地内で仕事をしていた朱美が二階から下りてきた。

「お待たせ、田村」

一人娘は母親の不在に気に掛けている様子はなかった。

この春、初めて預けられたという自宅の鍵で施錠した。門扉を出て、生活道路に出た。

「事務所に戻りましょう」

「主任は所長があの事務所に入れなかったら、この時間は主任のお母さんと仕事をしていたんですよね」

吉田が横やりを入れなければ、田村はお嬢さん育ちの朱美と出会わなかった。本来ならば、朱美は敷地内を出ることもなく、一日中、母親の手元にいたはずなのだから。

「そうよ。私は母から教わることが、たくさんあるの。母もそうだったの。だから、私が母から離れて、父の会社で働いているなんて、考えもしなかったわ」

朱美は今に至っても、吉田のやり方に不満を露わにする。

「でも、主任のご両親が納得したから、主任は両方で働いているんです。父親のわがままでも、主任はちゃんと事務所の仕事をしてるんです。だから、こうして俺という部下を持って、俺だったら買わない高級なお菓子を選んで所長のおみやげにできるんです。どうせ、主任は持ってくれないから、俺が持っているんです。帰ったら、これを所長に渡して、主任に美味しいお茶を淹れてもらいますから」

「田村は上司の私にお茶を淹れてもらうつもりなのね。今日の午前中は田村がまだ、出勤前だったから、淹れたわ。でも、もう出勤しているから、上司の私にお茶を淹れてあげよう、とは思わないのかしら」

「俺は、捜査経験のない素人の所長のお嬢さんが上司であることを、今でも認めていません。でも、俺は辞めたとしても、警察官だったんです。階級や役職には従います。所長が、そう、言ったんです。だから、俺は左も右も分からない上司のわがままを聞き届けて、時には俺なりに教えていきます。主任を除いた所長含めて、全員が捜査経験者です。所長はそんな中で揉まれて、立派な調査員になってほしいと思っているのかもしれません」

「私には見なくてもいい世界だわ」

「主任には不要でも、所長には必要と思ったんだと俺は見ています」

「まともに彼女もできない田村に言われたくないわ。もし、田村に彼女がいて、彼女が田村の仕事に理解があって、田村の仕事を手伝ってくれるって言ってくれたら、田村は喜ぶかしら。想像の話をしても始まらないの。私はお父さんの会社を知らなくてもいいの。お母さんや優さんは、今でも反対なの。お父さんが見てきたお仕事を、私は知らなくてもよかったの。お母さんの教室を継ぐお勉強だけでも、大変なのに。優さんだって、お仕事のお話を私にしたことなんてないわ」

「所長や森崎警部が主任に話さなかったのは、いいえ、話せなかったんです。守秘義務がありますから。それは、主任がこの仕事で学んだことと、俺は期待しますが」

「本当に要らない知識だわ」

「『要らない』と言えるのは、所長の教育の賜物だと思います。だから、森崎警部がどんなに忙しくても、森崎警部が口実をつけて事務所に来てくれるのが、主任は嬉しいんです。だから、仕事の多忙を理由に、やっとできた彼女に振られ続けてる俺の前で、堂々といちゃつくんです」

「私は彼といちゃついている自覚はないわ。優さんも私も忙しいから、逢える時間は一緒に過ごしたいだけだもの」

「それを『いちゃつく』と言います」

「そう言うのね」

話していたら、事務所が入っているビルの前にいた。郵便ポストを覗くと何も入っていなかった。そのまま、階段を上がる。田村が朱美に先を譲った。

階段を上がる足音だけが響く。会話が途切れた。

朱美は所長への報告内容を頭の中で、まとめ始める。見下ろすように振り返って、田村を見る。

田村が元同僚から聞いていたのか、思い付きで訊く。

「あのアパートは、どんな間取りかしら」

「和室二間と台所のようです。主任は一人で部屋を借りて、暮らそうとは思ったことがないでしょ」

「ないわ。私はお母さんの跡継ぎだもの。お母さんも私に一人で暮らしてほしいって言ったこともないもの」

「それは東京に実家があるから言えるんです。地方から出てきたら、最初は誰でも独り暮らしですよ。会社が借り上げた寮に入らない限りは、です」

三階に吉田調査事務所はある。

調査員二人が帰所を所長に伝える。

吉田は電話をしていた。時折、頷きながら聞き耳を立て、キーボードで打ち込んでいる。部下の帰りを確認して打ち込む手を止めた。湯呑茶碗をデスクの手前に移す。おかわりの催促だった。

吉田は娘にお茶をよく頼む。だから、平の田村ではなく主任の朱美が給湯室に向かう。再沸騰のボタンを押して戻り、自分のデスクに座る。所長が電話中だから、その間に領収書を持っている平の調査員は経費の精算に取り掛かる。

電話越しに感謝の言葉を伝えて、受話器を降ろした。吉田は田村を見て、労った。

「お帰り、朱美の子守で大変だったね」

「それはもう、大変でした」

書店での様子を田村は吉田に伝える。

笑っている。

「初めてとは、そういうものだよ。迷子にならなくてよかったね」

吉田は父親の貌で娘を見ている。

「私はもっと、いろんなご本を見たかったの。でも、時間がないって田村が言うから我慢したわ」

「今でも久江や優に反対されているが、私の独断で、私の手元に置いたことが正解だったらしいね」

「全然、正解じゃないわ」

今でも納得していない。朱美は態度で表す。持ち出していたノートパソコンを開いて、スリープを解除する。再沸騰完了のメロディーが聞こえてきて、再び給湯室に向かう。

吉田は娘の行動を追いながら、満足げに言う。

「正解だったよ。帰ってきて早々に、美味しいお茶が飲める」

給湯室に消える朱美。

視線を田村にやる。

「それとも、田村が持って帰って来た菓子に合うお茶を淹れてくれるのかな」

吉田の目敏さに、田村は朱美のわがままを報告する。

「俺だけ本を受け取りに行って、主任には車で待ってもらうつもりだったんです。でも、主任が自分も行きたいって聞かなかったんです。仕方なくデパートの駐車場に停めたんです。買い物すれば無料になるので、所長へのおみやげを買おうという話になったんです。主任が全額出すのは嫌だから、俺に半分出してほしいっと強制しました。結局、主任に押し切られて、主任と俺の折半になりました。これが事務所への手土産です」

本日の経費精算に必要な書類と一緒に、田村は菓子を吉田に渡した。

日本茶を淹れた朱美が所長のデスクに湯呑茶碗を置きながら、手土産はまだあるという。

「そのお菓子に合いそうなお紅茶を見つけたの。そのお菓子を食べる時に、一緒に飲もうと思って」

「この菓子と朱美が選んできたという紅茶は、私が買ってきてほしいと指示していないね。君たち二人のおごりとして、私は美味しくいただくとしよう」

吉田は領収書を提出されても、認めないという。

田村は慌てて、朱美に抗議した。

「俺が言った通りでしょ？　経費として認めてくれないって」

「かわいい娘がせっかく買ってきたの。認めてくれると思ったのに……」

朱美は娘の貌で父親を見た。

吉田は娘を部下として見る。

「ここは職場だよ。所長の私がお願いしてもいない買い物を勝手にしてきたんだ。それを経費で落とせると思っていたとしたら、大した考え違いだったね」

そして、娘を父親からの目線で見る。

「今日の分は田村のおかげかな。田村も朱美を連れて、デートの予行練習になったと思う」

だから、ね。吉田は田村に言う。

「領収書はどれかな」金額を確認して、呆れている。「なんて豪勢な金額だろうね」

そうかしら、朱美は驚いていない。

そうですね、田村は納得している。

「これは経費と認めない」

そうですね、田村は殊更に納得する。

「朱美が言い出したのだから、朱美の持ち出しだよ」

　認めてくれないんだ、朱美は渋々納得する。不機嫌に受け入れる。「分かった」

「だから、田村の分は朱美が後で渡しなさい」

「俺が最初に言ったとおりだったでしょ」

　代表の判断だから、田村はその言葉に従う。

　吉田は代表から父親の貌になる。

「だからといって、私も一人娘に甘い父親のようだ。可愛い娘に機嫌を損なわれては、父親として心が痛い」

　吉田は計算機を叩いた。二人分で割った金額を自分の財布から取り出した。朱美と田村に裸で渡した。

　釘を刺す。

「買ってきてほしい時は、私からお願いするよ。だから、朱美も一言、私に伺いを立ててほしかったね」

　分かったわ、と朱美は所長の言葉を咀嚼している。

　田村を見る。

「君の方が社会人として先輩なんだ。優が見せることを嫌っていた世界を、君から朱美に見せてほしい」

　私からもお願いね。その娘は反省していない様子。笑顔で田村を見る。

「俺のような世間ずれしまくってる男が、お嬢さん育ちの主任に相応しいのか、今でも分かりませんが」

「朱美には君が必要だよ」すっかり父親の貌の吉田の言葉に、娘の朱美も頷いている。

「業務上の世間ずれは修正できるよう、俺は努力します」

よろしく頼むよ、父親であり雇用主の吉田は田村に発破をかける。

お願いね、その娘は期待している。

朱美の思い付きが発端の出費は精算されたのだ。結果的には吉田の持ち出しになり、受け取った品物を所長は手元に寄せた。

「さて、朱美は私に何を選んでくれたのかな」吉田は包み紙を丁寧に剥がす。菓子の個数を確認する。「見るからに、高級な菓子だ。全員には、行き渡るね。日持ちしそうだね」

「いつだったかな。森崎の家にいた時におやつで食べたの。とっても美味しかったから」

「朱美のお墨付きの菓子だから、全員揃っていたら、朱美が淹れてくれた紅茶でささやかながらのティーパーティーを開きたかったね。残念なことに、今はここに三人しかいない。私もこの菓子一つで体重が増えるとは思えないけれど、朱美の好意を報告したい人物がいてね」

「お母さんに？」

「朱美が誰かのために買えるようになったんだ。久江は怒るかな」

「お父さんが買ったことにしたの。私が選んでことは言わないで、美味しそうなお菓子をいただいたから、お母さんのおみやげにしたって伝えれば、きっと、お母さんは喜ぶわ」

「朱美はここで食べるのかな。私よりも口が肥えている久江に持ち帰りたい、と思っているのだけれどね」

「お父さんはここで食べないの？　お母さんのおみやげにするのね？　お母さんにあげるのなら、私もここで食べないわ。お母さんと一緒に食べたいもの。今日の夕ご飯のデザートにね♡」

吉田親子はせっかく買ってきた高級菓子を持ち帰るらしい話でまとまったようだ。

ここには、三人しかいない。

残るは田村しかいない。

だから、

「俺、一人だけですか？　ここで食べるのは」一人だけで食べるとなると、当然、視線が集まる。「俺も帰ってから、一人寂しく、味合わせいただきます」

「田村の好きにしなさい」

吉田は菓子の振り分けを朱美に任せて、田村に仕事を振る。

「君にしか頼めなくてね」

「俺に、ですか？」

「君が持ち込んだんだ、責任を取ってもらうよ」

「俺の友達の件ですか？」

「その件だ」

所長は指示する。

「明日は出張に行ってもらう。行きの列車の中で食べるといい」

「出張ですか?」田村は驚いていない。朱美を見る。いいな、という表情。年下の上司は割り振られなかった。年上の部下が行き先を問う。「どこです?」

「私も行きたい」朱美は手を上げた。所長は却下する。「お前は久江の用事があるじゃないか。しっかり、お母さんから教わりなさい」

「そういうこと、らしいです」

主任、と田村は一人で行くと朱美に伝える。

いってらっしゃい、と拗ねた朱美は不在の調査員のデスクにメモを添えて、菓子を配り歩く。


一度は所長の手に渡り、吉田の持ち出しとなった紅茶を開けようか、朱美は迷っていた。せっかく買ってきた菓子を三人揃って、持ち帰るという。ここで食べないのだから、菓子に合わせて買ってきた紅茶を淹れる意味がない。所長が娘を入れる前は、男ばかりではどんなに美味しい菓子もペロリと一口で終わらせていたのだろう。だから、おしゃれな食器なんて、給湯室に用意がなかったのだ。配り歩くその足で、湯呑茶碗を回収した。給湯室でいつもの日本茶を淹れ直す。

蒸しているつかの間、所長と翌日に出張を命じられた調査員の会話に朱美は聞き耳を立てる。

「相手先の約束は取り付けてある」と所長。

「アポイントは取ってあるんですね」紙を捲る音がする。田村はその時間を確認しているらしい。「俺はバイクで行くつもりですが、所長に列車でと言われれば、俺は列車で行きます」

「田村に任せるよ。バイクで行くのなら、列車代が浮くね。明日の夜、泊まる所を奮発しても私はかまわないよ。食事が少し、豪勢になるかな」出張の前払いの範囲でなら、自由にしてもいい。所長は田村が帰ってきてから、どんな領収書を提出するのかを楽しみにしている口調だった。

「二日間の出張ですね」紙を捲る音がした。一人で行って、帰ってきた時に増える荷物を田村は心配する。「行けなかった主任はおみやげを楽しみにすると思います」

三人分のお茶を淹れ直した朱美が給湯室を出る。お盆を持ったまま、田村の心配に返答する。

「当然だわ。私をお母さんの用事を理由にして、東京に残るよう、お父さんは言うの」だから、田村からお茶を配る。「美味しいおみやげ、待ってるわ♡」

田村の一泊二日の出張に、朱美は小旅行の見返りを期待している。

田村は所長に伺いを立てる。

「みやげ代は経費で……」

「田村が好きで買ってくるものだよ」

所長の返事は、田村が予想した通りだった。

千代子の上京、そして帰郷

地方に実家を持つ子どもたちが憧れだった東京という都会に上京して、華やかな生活に染まっていくのに時間はかからない。流行りを取り入れ、ファッション雑誌から抜け出てくる全身マネキン。

西村《にしむら》千代子も正しくそれだった。

最先端と書かれていれば、取り入れた。流行りだから、疑いも持たなかった。

千代子は大学の寮に住み、都会人になった気分だった。

大学を卒業して、寮を出た三月。

東京で就職を決めていた。

都内でアパートの部屋を借りて一人きりの生活になった四月。

入社式。

新人研修。

何もかもが初めてづくしだった。

新鮮だった。

だから、東京で仕事ができる喜びで、知り合いも全然いない集合住宅の一室に帰ることに寂しさを感じなかった。

五月、ゴールデンウイーク。

就職して初めての大型連休。

同期で仲良くなった子たちと出掛けた。

千代子は地方の実家に帰らなかった。

田舎者だと思われたくなかったから。

六月、新人研修の終了。

同期の子たちはそれぞれの部署に配属され散っていった。

七月八月、東京は猛暑。

暑さと先輩社員の指導について行くことで精一杯だった。

九月、そろそろ秋の気配。

ファッション雑誌をめくると、すっかりオータムカラーに染まっていた。社会人になって初めての夏のボーナスの使い道は決めていた。秋物の洋服を買うと決めていた。

東京の残暑は厳しかった。

しかし、時折吹くのは秋の風。

秋の気配に千代子は、空を見上げた。

秋の空だった。

東京の、都会の真ん中で見上げた空。

故郷の空を見たくなった。

十月だった。

見上げた東京の空には故郷がなかった。無性に故郷が恋しくなった。恋しさに、会社を何日か休むようになっていた。消化してしまえば、瞬く間になくなってしまう有給休暇を使い切ってしまった。東京に留まる意味を失っていた。

退職届を提出した。

大学を卒業しても東京にいたくて、必死に就職活動して内定をもらって入った会社を辞めていた。

引き留められることなく、受理された。千代子は無職になった。

未練はなかった。

会社にも、東京にも。


故郷に帰る。


そう、決めると借りている部屋の解約に迷いはなかった。

東京で揃えた物をすべて、処分した。

故郷に帰るために。

千代子の出会い、そして結婚

千代子は故郷に戻った。

実家に帰っても、ゆっくりはできなかった。

父親が仕事先を決めていたから。

千代子が故郷に戻って三年。

父親が娘が帰って来る前に手続きした会社に、千代子は勤め続けている。第二新卒での入社を父親は強く望んだが、千代子は正社員の束縛を拒んだ。短時間のアルバイトで入り、パート社員と契約形態を変えた。

千代子は仕事を任されるようになった。

父親が斡旋した仕事だが、故郷に戻ってからの仕事に千代子は不満はなかった。

千代子は赴任して来たばかりの笠井恭助という男性社員の補佐業務をしていた。

転勤族だった。

独身で、四十歳。

まだ二十五歳の千代子には、笠井は年上過ぎた。だから、恋愛対象とする男性と意識せずに仕事ができた。

千代子は定時で上がる直前に仕事が舞い込まない限り、残業はしなかった。千代子が業務を補佐する笠井は、定時で仕事が終らずに残業になることが常だった。

だから、千代子はまだ仕事が終らない笠井に気を遣いながら、退社することを伝えた。笠井も残業の手伝いを千代子に頼むことはなかった。その日、一日の勤務を労って千代子を帰してくれた。

珍しく、定時で笠井がデスクを片付けていた。千代子は急ぎの用事を申し付けられなかったから、定時で上がる仕度を整えていた。

千代子は退社の挨拶をした。

一日の勤務を労う言葉を笠井は千代子にかけて、言葉を続けた。今日の夜にデートの予定がないのなら食事でも、と。

千代子は仕事以外に笠井と行動する気持ちはなかった。だから、予定があると断れた。しかし、千代子には退社後の予定がなかった。まっすぐ家に帰るだけだった。だから、今日はまっすぐ帰るのではなく寄り道してもいい。軽い気持ちで誘いに乗っていた。

千代子には結婚願望がなかった。

千代子は結婚適齢期と言われる年代だった。だから、千代子に言い寄ってくる男性は少なくはなかった。食事を口実のデートの誘いを断る口実に、学校時代の友達と待ち合わせていると、ありもしない約束をでっち上げていた。

東京から帰って三年という日々。父親が斡旋した会社との行き来だけだった。彼氏や恋人が欲しいと千代子は故郷に帰ってきてから、思ったこともなかった。

どうして、笠井の誘いに乗ったのか、千代子にも分からなかった。

単純に、業務でお世話になっているから。無下に断れなかったのかもしれない。いつもは千代子が先に帰り支度している間にも、まだ仕事を残しているのに、珍しく定時で笠井が上がれたのだ。パート社員とはいえ、部下を労う気持ちだけで誘ったのかもしれない。

「デートの予定がないのなら食事でも」その日の夕食は上司の笠井恭助とのディナーとなった。

ただ、一緒に食事をして、会計は笠井が払った。千代子が化粧直しにトイレに立っている間に終わっていた。食事が終わり、千代子がレジの前で財布を取り出す暇もなかった。笠井はレジに立ち寄らず、店を出た。店を出てから、千代子は笠井が千代子が立っていた間に支払いを済ませていたことに気付いた。自分の分だけでも、と千代子は財布を取り出す出すきっかけを、笠井の車で送られている短い時間で探したが、切り出せなかった。会社ではしたことのない、たわいのない話を車内でした。千代子の生まれ育った土地で、高校まで通った地元だから、ここでは千代子の方が詳しかった。だから、笠井は十五歳年下の女性部下の観光案内に耳を傾けていた。

千代子の実家の前で、笠井は車を停めた。

珍しい娘の寄り道を心配していた父親が、ヘッドライトの光で玄関の外に出てきた。父親が娘を乗せた車に近寄ってきた。

助手席の娘はパワーウインドウを降ろして、帰宅の報告をした。

娘が送ってくれた笠井の車から降りると、父親が乗り込んだ。父親の行動に驚いて、訊くわずかな時間もなかった。

開いていた玄関先から、千代子は母親に呼ばれたから。


千代子が上司と仕事帰りに食事をしてから、時々、笠井は部下を食事に誘ってきた。今まで一人で片付けていた残業の仕事を千代子に割り振るようになっていた。二人で仕事を片付けると一緒に退社した。その後、笠井は部下を労い、食事を一緒にした。

食事だけだった。

四十歳の独身男性の社員は転勤族だった。だから、特定の女性がいない。笠井は千代子に、そう、話した。食事をして、部下を自宅に送る度に、千代子の父親が出迎えた。娘を家に入れて、父親は笠井の車に乗り込む。しばらくの間、話し込んでいた。千代子は笠井に恋愛感情を抱いていなかった。だから、父親と笠井がどんな話をしているのか、興味を持たなかった。

突然だった。

千代子は笠井から、結婚の申し込みを告げられた。

何度か仕事の終わりに誘われて、食事を一緒にした。千代子は社員と付き合っている、という意識はなかった。食事が終わり、車で自宅まで送る間も、手を握るなど部下を女性として扱う素振りも見せなかった。キスされたこともなかった。もちろん、体の関係を求めてくることもなかった。

笠井は千代子にプロポーズした。

千代子の地元では有名な、景色の良い場所に車を停めていた。他に気になる男性がいなかった千代子は、自分の年齢を考えた。自分と同じくらいの女の子は結婚し始めている。

千代子は笠井が好きではなかった。

笠井の申し出を受け入れていた。

千代子と転勤族の夫

笠井恭助は西村千代子と結婚してから、しばらくして転勤の辞令を受けた。

妻が付いて来てくれると、夫の恭助は思っていたらしい。転勤の話を聞かされた千代子は、付いて行く気持ちがないと言った。単身赴任してほしい。千代子は実家から出ることを頑なに固辞した。夫は妻を説得した。しかし、転勤するその日になっても、妻は付いて行く気持ちを表さなかった。実家から出る準備をしなかった。

千代子は付いて行かない、夫に単身赴任をしてほしいという気持ちを、その日に至っても変えなかった。

千代子は実家に住み続けた。

千代子の夫は、転勤先に単身赴任した。

千代子は会社を辞める気持ちはなかった。夫の転勤先にも付いて行く気持ちもなかった。

二人の出会いとなれそめを知る同僚は、千代子の夫の味方をした。千代子の夫は、本社採用だった。だから、いずれは東京本社に呼び戻されるだろう。そんな社員の妻が夫を単身赴任させるとは、夫の会社員の展望を考慮していないと千代子を非難した。そんな噂は千代子にも届いていた。しかし、千代子は気にしなかった。会社は千代子の仕事ぶりを評価しているから、契約を更新してくれた。

千代子は夫の転勤に付いて行く気持ちはなかった。

会社は一人のパート社員として評価してくれているから。

千代子は会社を辞める気持ちはなかった。

故郷を離れるなんて考えられなかった。

勤務先の社内で出会い、結婚した千代子は実家を離れたくない。そうではない。故郷から出たくない強い気持ちで、転勤を繰り返す夫に付いて行っていない。

夫は単身赴任、妻は実家に住み続けている。長期の留守をする夫とは別に暮らす。

しかし、千代子は少しも寂しくなかった。

愛していない夫は不在。

妻にとっては、形ばかりの結婚。

子どもについて訊かれることもあった。しかし、千代子には自分が妊娠し出産するなど考えられなかった。結婚しているから、週末に帰ってくる夫とは夫婦の営みを続けている。自然に千代子が妊娠すれば、出産する。妊娠しないけれど、結婚はしている。仕事を続けている。

千代子は現状に満足していた。

妻は実家暮らし。

夫は転勤先で独り暮らし。

そんな生活の継続を脅かす一報を夫から妻に告げられた。

夫に、東京本社への辞令だった。

週末に夫が帰って来たその夜、妻に告げた。東京本社への辞令、東京に実家のある夫にとっては、念願の帰京を意味した。定年退職が見えてきての本社復帰の夫には東京に実家がある。その妻が地方の実家で暮らし、地方支社で勤めを続けている。夫婦別居生活を続けていては、本社勤務となる社員にとって、悪い心証を与える。

千代子は未だに愛せてない夫から、東京で義両親との同居を決定事項として告げられた。今まで、結婚していながらも娘を実家に住まわせていた両親も娘の東京行きに大賛成し、娘の夫の本社勤務に祝いの言葉を贈った。

千代子は故郷を離れる気持ちがなかった。

愛してもない夫の都合で、再び東京で暮らす。

今まで妻のわがままを聞いてくれていた恭助が、今回は妻のわがままを聞いてくれなかった。夫は自分の両親との同居だから心配ないと言う。東京に戻る準備が出来次第、妻を迎えに来ると言う。恭助は千代子と一緒に東京に帰ることに疑いを持っていなかった。

第三章　田村の出張の報告

1

水曜日、午後。

田村は仕事道具が詰まっているデイバッグを片方の肩に掛けて、事務所に帰ってきた。荷物を回転椅子に置いて、所長のデスクの前で帰所の報告をした。

「ただいま、戻りました」

「お帰り、田村。朱美が君の帰りを待っていたよ」

「俺じゃなくて、俺が買ってくるおみやげが目的でしょ」

所長と部下の話題に上がった朱美は自分のデスクに座ったまま、参戦する。

「あら、私は田村にだけ行かせて悪いと思っているの。私も母の用事がなければ、行けたのに」

「所長は主任を泊まりの出張になんて行かせませんよ。その代わりに、俺がいくらでも行きますから」

「田村だけ行かせていたら、田村だけ得するじゃない。私が田村の報告だけ真に受けているばかりじゃ、私がお仕事を覚えられないの。進歩がないの。せっかく、私はお父さんの会社で働いているんだもん。ちゃんとお仕事、覚えたいわ」

不公平だわ。朱美は態度に表して、拗ねる。

娘の素直な行動に、吉田は頬が緩む。

「今でも久江の反対が強くてね。『朱美ちゃんをずっと、お父さんの傍に置いてくれると思っているから、お父さんを信用して私のお教室以外で働かせているのに』と毎日のように言われているよ」

「当然だわ」

父親に不安をぶつける母親の言葉に、娘も納得している。

田村は第三者だから、言える。

「不公平だと思っているのは、きっと、主任だけだと思いますよ」朱美は二人の親に大切にされている、田村は羨ましく思う。たまたま東京で生まれて、自営業の母親に跡継ぎとして期待されて。まして、父親も母親同様、期待を掛けているから、役員待遇で事務所に入れた。ど素人の上司を、ある日突然持った部下の気苦労を考えはしなかったのだろうか。

それはともかく、「主任は本来、するべきことがあったようです。所長が主任に無理矢理この仕事を押し付けなければ、専念できたと思います。でも、嫌々でも、主任はさぼらず、仕事を続けています。今回は俺だけ出張に行って来ましたけど、行きたかった気持ちは持って行きました。俺は警察で階級社会を見てきました。いえ、どこの会社も同じです。部下を上手く使いこなす上司が出世していくんです。所長の魂胆なんて、平の俺には理解できませんが、」

吉田が悦にいって嘴を入れる。「分かっているじゃないか、田村」

「所長が勝手に、主任に期待を掛けても、主任は期待されてるなんて、思っていませんよ」

「期待されていると思ってもいない当人は、まだ田村の報告を読んでいない。これから、朱美に読ませよう」

「田村が先にメールで送ってくれたからね」吉田は朱美に共有フォルダのファイル使用権を譲るという。

「田村も、朱美の女心を考えた土産を買ってきた、と私は期待しているよ」

買ってきましたよ、田村は紙袋から菓子の箱を取り出して、代表して所長に渡す。「主任がこの間、喜んで買ってきた紅茶に合うかなって思ったんですが」

受け取る、吉田。知る人ぞ知る菓子の銘柄だった。朱美を呼び、渡す。「田村にしてはセンスのいい土産だよ」

自分のデスクに戻った朱美は、田村の報告を読み始めたいがおみやげの菓子も気になった。ノートパソコンを前にして、動作が止まる。その様子を微笑ましく見る吉田。

「朱美には到底、理解できないかもしれないね」同性だが、育った環境が異なっていると言う。異性だが、もう一人の部下に言う。「田村の方が理解できるかな」

「俺はまだ東京にいます」

「そうだよ。田村はまだ東京にいて、ここで働いている。そうだね。彼女には、東京に居場所がなかったのかもしれないね」

「俺にも理解できません」

聞き込んで報告した田村も理解不能と言う。

吉田は朱美に視線を移す。

「田村が理解できないのだから、朱美がますます理解できないよ」

「田村が理解できないの。だから、私が理解できないの」朱美は田村の報告よりも先に、おみやげを丹念に読む。人形のような名前だった。「お菓子みたい。お紅茶に合うかしら」

「お前が知らないだけの有名な菓子だよ。この前、朱美が勝手に買ってきて私の持ち出しにした紅茶に合うといいけれどね」

吉田は朱美に淹れてほしいと頼む。そして、刑事時代は全国を飛び回った経験から、田村にしては気の利いた土産を選んできたと褒める。

「朱美がいたから買ってきたんだ、田村は」

「私がいたから？」

「そうだよ、朱美。むさ苦しい男ばかりだったら、こんなお洒落な菓子を買おうなんて思わなかっただろうね。女性がいるから、田村は頑張って選んできたんだよ」

「そういうものかしら」

所長のリクエストなの、朱美は菓子と紅茶の箱を持って立つ。

紅茶は熱湯で淹れたい。

マグカップを事務所にいる人数分、用意した。それぞれにお湯を注ぐ。水を足して、電気ポットの再沸騰のボタンを押す。

電気が沸かしてくれるのを待つ間、朱美はようやく菓子の箱を開けた。和紙のような紙にくるまれた個包の菓子を載せるのに相応しい紙皿を探す。白くてシンプル過ぎる紙皿はあるが、可愛らしいデザインの紙皿は置かれていない。お願いしたら買ってくれるだろうか。期待を込めて、シンプルな紙皿に菓子を載せる。

再沸騰の完了を知らせるメロディーが鳴った。器を温めていた湯をシンクに流す。それぞれにティーバッグを垂らして、熱湯を注ぐ。

蒸している間、給湯室に声は届いていない。

ティーバッグを取り出して、お盆に菓子皿とマグカップを載せて、戻る。田村は自分のデスクに戻っていた。出張帰りで美味しそうな菓子を買ってきてくれた調査員から、朱美は配る。所長のデスクに配っていると出張費用の精算内容が目に入った。

「田村は電車で行ったのね」

朱美の指摘に気が付いた所長が、書類を渡してきたので受け取る。

「所長が送ってくれた報告書があったんで、バイクで行くのは止めました。座って、じっくり読みたかったんで」

「そうね。バイクを運転していたら、両手が塞がってて読めないもの」

「当然、読めません。両手離して読んで運転してたら、事故ります。事故って、後続車に迷惑をかけます。だから、電車を使いました」

「電車なら、お弁当を食べながらでも読めるもの」

「そうです。弁当だって食えます」

「田村は、どんなお弁当を買って食べたのかしら」

所長は金額を覚えていた。

「駅弁にしては安いね。果たして、田村の食欲に足りたのかな」

「足らせました。所長からいただいた予算内で納めるためにです」

「出張って、そんな窮屈なのね。田村ひとりで行って、正解だったみたい」

田村が電車内で食べた金額を朱美も確認して、所長に返す。

受け取る所長。

お嬢さん育ちの朱美に言う。

「予算オーバーして、自分で持ち出すのなら、いくらでも贅沢しなさい。私は今まで朱美がしたいままに、目をつぶってきたよ。特に田村は、自分との扱いの違いに呆れていたと思うよ」

振られた本人が、頷いている。

「お前が田村たちと同様に、厳しくしてほしいと言うのなら、そのリクエストに応えようじゃないか」

「主任が俺たちみたいに耐えきれるんなら、俺は大歓迎です」

「朱美が受け入れてくれるのなら、厳しくしよう」吉田は上司の貌で朱美を見る。その娘は、意味が分からないという顔をしている。父親は白旗を上げるしかない。「久江や森崎さんが散々、甘やかした娘だ。急に厳しくしたら、朱美は驚いてしまうね」

「私は好きでここにいないわ」朱美は自ら志願していない、と繰り返す。「お父さんが勝手に手続きしたの。本当なら、ずっと、お母さんと一緒にいるのに」

「主任、諦めましょう」

「やだ」朱美は観念しないと言い切る。「今日にでも、ここを辞める手続きをお父さんがしてくれたら、明日から、ずっと、お母さんから、たくさんのことを教えてもらうの」

「久江のところばかりにいたら、お前は優とデートができていないよ」吉田は元部下との逢瀬をセッティングしてきた実績を誇示する。「捜査協力を口実にする優にも問題があるね。口では私のやり方に反対している困った男だ」

吉田の言葉を聞いて、田村は朱美との会話を思い出した。声に出しながら、手を上げた。

「所長が答えてくれないことは承知でお訊きます。俺が持ち込んだ件の裏付けは、森崎警部の口添えがあったのでしょうか」

「田村はお父さんが優さんにお願いしたと所長に訊きたいのね？」

「主任も訊きたいでしょ？」

田村は朱美の興味をそそる。

朱美は田村と同じ質問を吉田に向ける。

「優さんから聞き出したの？」

さぁて、吉田が惚ける。

部下二人に答える気持ちがない、その態度。

「私は優に頼らなくとも、警察官時代の知己は大勢いるよ。それとも、優からの情報だったら、朱美はまた優と仕事を口実にデートができると糠喜びしていたのかもしれないね」

父親の先回りする発言に、朱美は素直に認める。

「仕事を口実にしても、優さんと一緒に過ごせるの」うれしいに決まっているわ、朱美は所長が譲ってくれたファイルの報告を読みに、自分のデスクに戻る。「優さんが協力したかもしれない情報だもの。田村が出張までして調べて来てくれた報告なの」

朱美は回転椅子に座り、デスクの上を整理する。

「田村が買ってきてくれたお菓子を食べながら、ね♡」

2

西村千代子は高校を卒業するまで、故郷で暮らした。大学進学で上京して、卒業まで寮に入っている。卒業後は東京で就職している。

就職先の会社には寮がなかった。だから、都内に単身者向けの部屋を借りるしかなかった。

東京で就職した会社に西村千代子は半年、勤めた。半年務めた会社を退職する理由は一身上の理由だった。ようやく新人研修を終えて、各部署に配属された。配属された部署に不満があったのか、当時の上司は新人社員に訊いたそうだ。大きな不満はないが、提出した辞表を取り消さなかった。提出された辞表を、会社は受理した。同じ時期に、東京で暮らす部屋を半年で解約している。

「せっかく東京で就職できたのに、どうして仕事を辞めてしまったのかしら」

地方で生まれ育ち、大学進学で上京した父親が実感を込めて言う。

「生まれも育ちも東京の朱美には、理解できないだろうね」

新卒の新入社員が一年足らずで退職することは珍しくない。だから、就職先の会社は、その後の西村千代子の転職先を把握していない。

西村千代子の転職先は東京ではなかった。

故郷に帰ったから。

実家に帰る前に、西村千代子の父親が地元の会社に入社を決めていたから。

「実家に帰ったのね。再就職先は父親が手配した会社みたい」

進学も就職の大変さを体験していない朱美は他人事だった。吉田は父親の見解を娘に伝える。

「無職の子どもを養う程、親は裕福ではないよ」

「俺もそう、思います」

田村も地方で生まれ育って、就職で上京したのだ。実家に帰る気持ちはないが、仕事を辞めて帰ったとしても、すぐに働き始めるだろう。

だから、

「主任ののんきな口調がお嬢様育ちだと、俺は思うんです」

「田村の言う通りだよ」

上京組の吉田が頷いている。

「だから、ね。今回、田村が持ち込んだ話は、とても興味深い」

部下として、娘を見た。

「朱美がどんな答えを導き出すのか、をね」

朱美は面白がっている吉田に白けた視線を送る。

「所長は私に何をさせたいのかしら。さっぱり、分からないわ」

朱美はお菓子を上品に摘まみ始める。

報告文に集中する。

出張を行った本人の田村は敢えて自分の口から伝える。

「所長が予め、先方にアポイントを取ってくれたので、俺はその時間までに到着して聞き込みを開始しました」

西村千代子の再就職は、正社員でなくアルバイトだった。正社員としての入社を特に父親は望んだが、勤める本人が短時間の勤務を譲らなかった。


娘が実家に帰ってくる。

帰ってきたら、働く先が決まっていた。

私みたい、朱美は近い過去を振り返っていた。当人の父親に八つ当たりする。

「親って、そういうものなのかしら。東京でちゃんと、いいえ、東京ばかりじゃないわ。親元を離れて、ちゃんと働いていたら、帰ってきてしばらくは何もしないかもしれないわ。でも、何もしないのも飽きると思うの。自分から探すと思うわ。帰ってくると分かって、親が勝手に決めてきた会社が気に入らなかったら、すぐに辞めてしまうもの」

「私が娘にそんな嫌味を言われるくらい、お前をここに入れて正解だったようだね」吉田は嬉しくて、頬を緩ませた。「朱美は今まで、自分で仕事を探した経験がないんだ。私や久江以外の所でアルバイトされるくらいなら、久江は朱美に教える時間を惜しむだろうね。お前が帰ってきてから、久江の教室で勉強しながら教室を引き継ぐ教育を叩き込まれるのも、立派に親の押し付けだ。朱美と西村千代子さんとの違いは、親の引いたレールがあるかないか、だ。親元でなら、働いているけれど、ある程度の自由は認めてもらえるんだ。

私や久江の仕事で忙しいお前は、私たち以外の用事があるから、調整できていることを忘れてはいけないよ。実家に戻った西村千代子さんは、お前のような寛大な環境はなかったようだ。東京での会社員経験から、時間の束縛を嫌って、短時間勤務の雇用形態を選んだのかもしれない。しかし、だ。短時間勤務のデメリットは収入の低さだ。社会保険の加入義務がない。ただ、ね。社会保険の加入があるのとないのでは、将来の展望がまるで違ってくる。西村千代子さんは将来を考えたのだと思う。パート勤務に雇用形態を変えている。社会保険に加入している。パート勤務は正社員と同じ扱いと見なされることもあるが、正社員のような束縛がない。だから、パート社員に留まっていたのかもしれないね」

朱美は今の今まで気にしていなかったことが気になった。

「私の社会保険って、どうなってるのかしら」

両親の会社は、別の会社だから。

吉田は夫婦で話し合いが済んでいる。だから、朱美が心配する必要はない、という。

「私が知らないところで、いろいろなことが手続きされているの。今まで何も知らなかった私に、私とは正反対の人生を送ってきた西村千代子さんの何に答えを出してほしいのかしら」

「そうだね。まだ、本題に入っていないね」

吉田は田村を見た。

「本題はこれからだよ。西村千代子さんが大学進学で東京に出てきたのも、就職して半年で会社を辞めて故郷に帰ったのも、この人物の事情に過ぎない。故郷に帰ったからこその出会いがあったのかもしれないね」

それを田村に確認しに行ってもらったんだよ、吉田は出張に行かせた本人の口から話すように矛先を向ける。

引き継ぐ田村。

「大学や就職で東京に出て来るのは、珍しくはありません。もちろん、帰るのも、です。俺だって、他人事じゃありません。でも、これは西村千代子さんの話です。この女性が地元に戻ってからのことを、俺は調べてきたんです」

吉田が約束をした日時は、火曜日の午後だったと田村は朱美に話す。

西村千代子が故郷に帰ってから、三年が経っていた。父親が決めていた会社に勤め続け、短時間のアルバイトから定時勤務のパート社員として、雇用形態を変えていた。

その頃、異動で転勤してきた男性社員がいた。千代子はその社員の補佐業務のため、部署を異動した。

それが、千代子の転機となった。

「転勤で異動してきたのは、本社採用の笠井恭助という四十歳の独身男性社員でした」

「その時、西村千代子は何歳だったのかしら」

朱美は年齢の計算はできていたが、田村に確認する。二十五歳です、と答える。

「二十五歳ね。私とそんなに変わらないの。結婚したいって思っていたら、十五歳も年上だって、十分、恋愛対象になるわ」

吉田が父親の心情を口に出していた。「朱美がそんな気持ちになってくれているとは、久江に伝えなければならないね」

「あら、私はあの時から、決めているわ」朱美は田村という部外者がいるので、逸れた話を戻す。

「笠井恭助さんは独身とあるけれど、結婚したことがあったのかしら」

「結婚歴はありませんでした。転勤が続いていたので、たとえ、付き合っている女性がいたとしても、異動で結婚まで話が進まないまま別れてしまったのかもしれません」

「西村千代子さんと出会うまでは、笠井恭助さんは結婚していなかったのね」

「笠井恭助さんが初めて結婚したのは、西村千代子さんでした」

互いに初婚だった、田村は朱美に話す。

「二十五歳のパート社員の女性が四十歳の男性社員と一緒に仕事をして、恋愛対象を持ったの。それに、四十歳の男性社員が二十五歳のパート社員の女性と一緒に仕事をして、恋愛対象を持ったの。だから、結婚したのね」

「いいえ、西村千代子さんも笠井恭助さんも互いに恋愛感情はなかったようです。同じ部署に配属された上司と部下の二人は黙々と仕事をしていたようです」

「恋愛感情は生まれなかったの？」

「仕事で割り振られただけだったようです。笠井恭助さんは社員なので、その日の仕事が終らなければ残業になります。少しでも相手を想っていたら、仕事を手伝って、早く帰らせようとするでしょう。しかし、です。西村千代子さんは上司の手伝いを申し出さなかったようです。笠井恭助さんもまた、パート社員に手伝いを頼まないで、定時で帰していたようです」

「本当に、上司と部下、仕事の関係だけだったのね」

「そのよう、だったようです」

田村は変な日本語と分かっていたが、その通りなので、そのまま話す。

「でも、西村千代子さんと笠井恭助さんは結婚したの」腑に落ちない、と朱美は不満の顔。

田村も同感だと言う。「俺も何人かを訊き込んで、思いました」

「人の気持ちは変わるものだよ」吉田がここでは唯一の既婚者として、アドバイスをする。

「人も気持ちは変わるものだよ。笠井恭助さんに心境の変化があったようだね」

「はい。あったようです」

田村は口頭での報告を続ける。

「これは、西村千代子さんの父親から聞いた話です」

千代子が珍しく、帰りが遅くなると仕事が終わる頃、自宅に電話を入れた。理由は、上司が食事に誘って来たからだという。珍しく定時で仕事の区切りがついたので、いつも世話になっている部下を労いたい、と。千代子は恭助の誘いを断らなかった。誘った上司の笠井と食事をして、千代子を自宅まで送ってくれた。

千代子の父親は、娘が異性とデートではないが一緒に食事をしてくる。心配して、娘の帰りをとてつもなく、遅く感じたという。車のライトが通り過ぎる度に、帰って来たのでないかと外を見ていたという。

一台の車が西村家の前に停まった。

娘が無事に帰ってきたことを確認して、父親は娘の帰宅に安心したという。玄関を出る。千代子は助手席で話をしている。ごちそうさま、なのか、ありがとうございます、なのか、お礼を言っているらしい。頭を軽く下げていた。千代子がバッグを持って、助手席のドアを開けた。

娘が降りたのを確認して、父親が代わって乗り込んだという。

「西川千代子さんの父親の気持ちがよく分かるよ」

吉田は我が身に置き換えて、しみじみと言う。

「お父さんはどんな気持ちがよく分かるのかしら」

田村には分かるかしら、と朱美は二十代で独身の部下に訊く。

唯一の部外者は、両者の気持ちが理解できる。親の気持ちを考えれば、年頃の娘が結婚前にデートで夜遅く帰ってくるのを心配するだろう。娘は親の心配なんて考えていない。二人きりで会うくらいだから、嫌いではない。むしろ、好意を持っているから二人きりになりたい。田村は後者になりたいと願っている。

願うばかりでは現実にならないから、前者に理解があるように見せる。

「主任はデートで送ってもらって、まだ一緒にいたいから、車から降りてこない。帰ってきたことを知ってる所長は、いつになったら車から降りて来るのかが心配で落ち着かなくて、様子を見に行くんです」

「そうだよ。帰ってきているのが分かっているのに、いつまで経っても家に入って来なかったら、心配するよ」

さすがにね、と吉田は娘を見る。

何を心配するのかしら、相手が知られていないのではない公認でデートに出掛けているのだ。自宅まで帰っているのが分かっているのなら、問題はないと朱美は父親に言う。

「だから心配なんだ。森崎さんがあれだけお膳立てしてくれているのに、お前たちは未だにまとまろうとしない。地元の学校に通わなかったんだ。地元に友達がいないんだ。そんな二人が夜遅い時間に、車の中で仲良くしていたら、何をしているのかと不審の目で見られるんだ。だったら、早くうちか森崎さんのところに帰って、仲良くしなさい」

私はそれを心配している、吉田は趣旨が違うと娘に事の進展を望んでいると本音を漏らす。

「お父さんは早くそうなってほしいと思っているのね。でも、ね。本当にそう思っているのなら、私をこの事務所に入れていないわ。お母さんのお教室を手伝いながら、勉強するの。突然入るデートだって、お母さんは喜んで送り出してくれるわ。お父さんが気を回さなくてもね」

「お前はそれに甘んじているね。お前は私や久江の手元にいるから、いや、私や久江が手元に置いてあるから、娘の行動が把握できる」

しかし、だ。吉田は田村を見た。

「実家で一緒に暮らしている。いや、子どもが独り暮らしを始めたら、親は子どもの独立は嬉しいけれど不安の種が増えるね」

田村は吉田が言わんとすることが理解できる。だから、同意して頷く。

「所長は大学進学で、俺は警察官になるために上京しました。親は心配だって言いながら、本心では子どもの独立を喜んでるんです。いつまでも実家に居座られたら、それこそ、心配です」

「それって、私のこと?」

朱美は吉田の家を出て、一人で生活をする気持ちがない。その気持ちがないと親が心配するという田村の言葉は、実家の家業を継いだ母親とは結び付かない。必ず、独り暮らししなければならないのか。その疑問が自分に向かった質問に出た。

「俺は主任のことを言ってませんから、安心してください。ただ、俺のような地方出身者には叶わない、東京に実家のある、いわゆる、東京出身の子どもたちが羨ましいと思う時があります。でも、東京で生まれて育ったからといって、親元から離れて暮らしている子どもたちもたくさんいることも知ってほしいだけです」

「だから、私もしなきゃいけないの？」

「した方がいい、と俺は思っています」

自分でやるしかなかったから、自分でやってきた。自分でやってきたから、自信になっている、と田村は自分の経験を朱美にも勧めてみる。

ところが、地方出身の父親である吉田が同意しない。

「田村が東京に住む場所がないから、自分で住む場所を探した。だから、朱美も、と言いたい気持ちが私にもよく分かるよ」

でもね、吉田は娘が置かれている環境が特殊だという。

「朱美は久江の跡取りだ。久江がそうだったように、朱美があの土地家屋を相続するんだ。朱美が知っていいのは、相続の手続きだね。賃貸借契約じゃあない」

「所長の言い方だと、主任はずっと実家で暮らすと、俺には聞こえました」

「聞こえたんじゃない。聞こえるように言ったんだ」

「主任を嫁に出すつもりはないようですよ、所長は」

田村は結婚する当人に向けて話す。

朱美は真剣に考える。

「お父さんみたいなお婿さんになるのかな。でも、」

「それは二人で話をしなさい」

「うん、する」

するから、と向き合う相手がここにいない。話の流れが逸れていることに朱美は気付く。

「なんで、私の話になるの？　私の話じゃなくて、西村千代子さんの話でしょう？」

「そうだよ。西村千代子さんの話だよ。いつ、結婚相手を連れて来てもおかしくない成人した女性がデートに誘われて、自宅まで送られて来たんだ。当然、父親はその男の真意を聞き出したいと思うだろうね」

そうだね、と吉田は田村に確認した。

話が引き戻された。

田村は口調を改める。

「はい。西村千代子さんを送ってきた笠井恭助さんの車に乗り込んだようです」


千代子の父親は笠井を問い質した。

娘をどう思っているか、と。

笠井は仕事のできる同僚だ、と答えたという。今日は定時に上がれたので、普段助けてもらっている感謝を込めて、食事に誘った。それ以上の感情はない、と。

千代子の父親は、本当にそうなのか、と訊いたという。

笠井は、それだけだ、ときっぱり言ったという。

「笠井恭助さんは西村千代子さんを好きじゃなかったのね」

「片思いしてたら、運転してたって、手をにぎってくるでしょ。オートマなら可能です」

「危ないわ。横に素敵な女性を乗せていたら、絶対、事故なんて起こせないもの」

「主任は経験がありそうですね」

田村は誰ととは言わなくても、朱美には分かってくれると言葉を省いた。

「私のことは、今は関係ないわ。田村はもちろん、経験があるの」年上の部下だから、当然あると朱美は決めつける。職場では上司の吉田にも振る。「お父さんはもちろんね」

「だから、朱美がここにいるんだよ」

吉田は首肯した。

「西村千代子さんの父親の言葉が効いたのかな、その後、笠井恭助さんは何度か部下を食事に誘っているね」

言葉の矛先は田村に向いていた。

「今の時点で西村千代子さんの父親からしか話を聞いていません。笠井恭助さんと話せていないんです。仕事で一番近くにいた部下をどんなふうに思っていたのか。この仕事じゃなかったら、勝手に想像しますが話をできてない現状で推し量るのは早過ぎます。ただ、頑張ってくれてるから、労っていただけだったかもしれません」

「君は十分、想像で話しているよ」元刑事で捜査の指揮を執った経歴のある吉田は元刑事の田村の発言を喚起する。「西村千代子さんの父親からしか話を聞いていないんだ。片方の意見で結論付けるのは、早計だね」

田村は所長の言葉に納得する。

朱美もね、吉田は女性調査員に言い聞かせる。

「所長は今回、私を調査に行かせてくれないの。だから、私は直接お話を聞けないの。だから、田村の調査宝報告を鵜呑みにしなくちゃいけないの」そうね、朱美は女性だから同性からの視点から考えたいという。「西村千代子さんは笠井恭助さんの誘いに応じたわ。どうしてかしら。一回だけなら、気紛れだけれど、何回もだわ。西村千代子さんは笠井恭助さんに好意を抱いていたのかしら」

「朱美、田村に言ったじゃないか。聞いていなかったのかな。想像で話さないように、とね」

「ちゃんと聞いていたわ。私は西村千代子さんの気持ちを推測する気持ちなんてないわ。推測する気持ちがないから、男性の上司が異性の部下を労う気持ちだけで何度も誘うかしら、と思うの。お互いに大っ嫌いじゃないから、誘って応じるの。少しくらいはデートの自覚があると思うわ」

「なら、朱美は田村に映画か食事でもいい、誘われたらデートする気持ちがあるのかな」

朱美の返答は即座だった。

「私にはデートしたい彼がいるの。だから、誘われても断るわ」

吉田が頷いている。

「そうだよ。デートしたい特定の異性がいれば断るはずだね」

部下二人を見た。

揃って、頷く。

「しかし、残念だ。朱美がインタビューしたい相手は、インタビューを申し入れても申し込める状況にないんだ」

そうね、と既に鬼籍に入っている女性の名前を朱美はディスプレイ上で追う。

「だから、どうして何度も誘いに応じたのかは本人にしか分からないんだ」

しかも、だ。吉田は身を乗り出した。

「西村千代子さんは笠井恭助さんのプロポーズを受け入れている。どういう、心境の変化があったのだろうね」

「所長だって、私たちのことが言えないじゃない」

朱美が自分だけではないと抗議する。

吉田が認めて、娘を部下として見る。

「田村はまだ、現実じゃないんだ。しかしながら、朱美なら私と同じ疑問を持つだろうね」

謎掛けをする。

「所長と同じ疑問？」朱美は田村を見た。年上の部下は現実じゃないことを考えている。

「私が現実を見ているというの？」

朱美の質問は所長に向いていた。

吉田が答える気配がない。自分で考えなさい、という表情。

朱美は口に出して、考える。

「田村がまだ現実じゃなくて、私が現実に直面しているってことでしょう？」

「そうだよ」

「田村は彼女ができても、彼女という関係で進まないの。私は彼氏が」

朱美は思い当たる。

「分かったわ。田村がまだ現実じゃないけれど、私は現実に直面しているから」

「私の誘導がなくても、朱美には気付いてほしかったね」

「ここにいる私は、一人の調査員だもの。彼とのことはここには関係ないわ」

「関係ないよ。お前が置かれている立場で考えれば、笠井恭助さんの行動がどれだけ突飛なことだと言えるね」

「そうね。仕事で頑張ってくれているから労う目的で食事に誘うだけなら、コミュニケーションを取るという理由になるわ。でも、突然、プロポーズしたの。付き合っている自覚のない女性に突然プロポーズしようとした理由があったはずだわ」

「そうだね」

吉田は意図が伝わったと肯定した。

報告書にはあったが、その文章を作成した本人に確認する。

「何か、特別な出来事があったのかしら」

今まで結婚していなかった笠井恭助が同僚とはいえ、食事に誘うだけだった西村千代子にプロポーズした理由が書かれていなかったからだ。

田村は西村千代子と笠井恭助が同僚として働いていた会社で聞き込んだ内容を報告する。

「同僚の結婚式に何度か出席したことがあるそうです。その時は、同じ部署だから同じテーブルになったこともあったようです。でも、笠井恭助さんと西村千代子さんが付き合ってる素振りもなかったようです」

「結婚式は十分過ぎるきっかけだよ」

吉田は納得している。娘に振る。

「朱美も友達の結婚式に呼ばれて、出席すれば、少しは話が進むかな」

「私は十分、考えているわ」

彼からの言葉を待っているの、将来その言葉をもらい頷く準備はできていると朱美の口調に迷いはない。

「あの男が優柔不断なだけなようだね。しかし、だ。朱美がその気になっているようだから、お前からけしかけてくれたら、話は前進するね」

「私はね」朱美は職場で父と娘の会話になっていることに田村を心配する。森崎警部のことでしょうか、と吉田親子に訊いている。部外者がいるが、本音を漏らす。「私は彼からの言葉を待ちたいの」

「あの男はお前が欲しがっている言葉を理解しているといいね」

「きっと、分かってくれているわ」

「森崎警部が主任にプロポーズして、結婚したら、主任はここを結婚退職するんでしょうか。所長は寂しくなると思いますが」

「私は優さんのことを言っていないわ」

朱美は惚ける。

父親は笑っている。

「田村が女心を理解するのは、まだ程遠そうだね」

「俺は彼女からなんて言わせません。俺からちゃんと言うつもりですから」

「田村は結婚したい女性を見つけることから始めなさい」

「そうです。俺は彼女が大好きになってから考えます。ところで、笠井恭助さんは西村千代子さんを大好きでプロポーズしたんでしょうか」

「大好きだから、西村千代子さんと結婚したくてプロポーズしたんだ。笠井恭助さんからは直接聞いてはいないけれどね」

「そうよ。私たちは笠井恭助さんと西村千代子さんから話を聞いていないの。想像で話しているの」

そうだね、認める吉田。

「西川、いや、笠井千代子さんは既に亡くなっているからね。結婚を申し込まれて、受け入れると返事をした気持ちは笠井恭助さんにも理解できないだろうね」

吉田は娘を見る。省略して、尋ねる。

「お前は素直に受け入れるのかな」

「私は待っているの。だから、」話を戻さないで、と朱美は抗議する。吉田は素直に受け入れることを期待するという。「二つ返事だといいね」

「もちろんだわ」

だから、と朱美は結婚前の女性の揺れる気持ちで考える。

「西川千代子さんは心のどこかで結婚したい気持ちがあったの。結婚は一人じゃできないわ。夫になる人物が必要なの。何度か食事に誘ってくれた笠井恭助さんからプロポーズされて、うれしかったのね。笠井恭助さんと結婚するって、応えたんだもの」

「だから、西村千代子さんは笠井恭助さんと結婚したんだよ」

「そうね。笠井恭助さんが西村千代子さんと結婚したいと思ったきっかけって、田村は訊いてきたのかしら」

「朱美。それを西村千代子さんの父親に訊いても、分からないようだね」

報告書にないからね、と吉田は田村が出張先から送ってきた報告文になかったと朱美に伝える。

田村は訊き込みの内容を顧みる。

「そのきっかけが、それではないかと思われる出来事はあったと、西村千代子さんが勤めていた会社の、今でも勤務してる同僚から聞きました。結婚式があったそうです。笠井恭助さんと西村千代子さんも招待されて、出席したそうです。同僚が結婚した次に、上司と部下の関係にあった笠井恭助さんと西村千代子さんが結婚式を挙げたんです。付き合ってるとか付き合ってる噂もなく、突然だったそうです。笠井恭助さんと西村千代子さんが結婚するからと結婚式の招待状をもらって、初めて知ったそうです」

「笠井恭助さんは西村千代子さんを好きだったのね。結婚する一緒に働いている人の幸せな顔を見て、結婚したくなったの。結婚は一人じゃできないわ。妻になる人物が必要なの。結婚を意識して、気が付いたの。何度か食事に誘った西村千代子さんを好きだって。だから、好きって告白して、結婚を申し込んだの。そして、西村千代子さんも笠井恭助さんを好きだったの。だから、結婚するって応えたの」

「朱美。私たちは笠井恭助さんから話を聞いていないんだ。推測で結論付けるんじゃない」

吉田は朱美に調査員の自覚が欠けていると注意する。

「だって、プロポーズするってそういうことでしょう」年齢的に結婚時期を迎えている朱美は、結婚を申し込むのと受け入れる双方の気持ちが合ったからこそ、と思う。それは確認できるだろう。しかしながら、無理なことは理解できる。だから、「訊ける人に訊けばいいと、私は思う」

吉田はまだ調査していないという。

「私たちはまだ、笠井恭助さんの連絡先を調べていないんだよ」

田村も頷いている。

3

千代子は社内結婚した。

同じ部署に配属された社員とパート社員が付き合っていると誰も気づかなかった。淡々と社員は仕事をし、パート社員は淡々と仕事の補佐に徹していたから。昼食を一緒にすることも、それまで一度もなかったから。だから、驚いた。支社の同僚たちは、二人を冷やかした。

千代子は会社で友達を作っていなかった。友達でもない支社の同僚たちが社員との結婚を冷やかす様子を、不思議な表情で聞いていた。

結婚式は千代子の地元で挙げた。

夫となった笠井恭助の両親は東京で暮らしていた。式のために東京から来てくれた。式当日に初めて両家の顔合わせをした。息子の嫁になる十五歳も年下の千代子の花嫁姿を見て、たいそう喜んだ。千代子の夫となった恭助の義両親は、息子の結婚を機に、東京の自宅をリフォームしたいという。息子夫婦を準備万端で迎えたいという。恭助は本社採用での入社だった。だから、定年までに東京本社に戻れたら、東京で別に高い家賃を支払ってまで住むのではなく、二世帯住宅にリフォームした実家で同居してほしいという。千代子は夫の義両親の住む東京に行く気持ちがなかった。

結婚したのは、プロポーズされたから。

故郷に帰ってきてから、歳の近い女の子たちが結婚し始めていたから、千代子もした。だから、千代子は結婚する気持ちになった。

それだけだった。

千代子は実家を離れる気持ちはなかった。


千代子の結婚後の住まいは、千代子の実家だった。夫は千代子の両親との同居ではなく別に部屋を借りての別居を望んだが、新妻は両親との同居を強く懇願した。夫はその強情さに折れて、妻の実家で新婚生活が始まった。

千代子は満足だった。好きでもない愛してもない男と、結婚した。年齢的にも独身でいることが色眼鏡で見られていたし、結婚したことで体裁は整ったのだ。結婚したのだから、妊娠を訊かれた。子どもができたから、結婚した。田舎の集落だから、ダブルのおめでたではないか、と訊かれることもあった。しかし、千代子には妊娠の兆しはなかった。結婚前に夫とは肉体関係がなかったのだ。キスされた記憶もない。手を握られた記憶もなかった。だから、夫が千代子を結婚相手として選んだ理由も分からないまま、結婚生活に入った。千代子は結婚してから、夫に抱かれた。千代子は処女ではなかったし、恭助も何人かの女性遍歴を妻に告白していたから、互いに体験者とし、夫婦の営みを重ねた。夫婦の営みをするが、千代子自身には夫との子どもを望んでいなかった。妊娠することに前向きではなかった。恭助も、子作りに熱心には見えなかった。

千代子は結婚しても、結婚前と同じ職場で仕事を続けていた。私生活では夫方の姓に変えた千代子だが、会社では旧姓を通した。会社も千代子の働きぶりを評価していたから、それを許してくれた。雇用形態を変えず、勤務時間も変わらず、実家に住み続けていられる。

千代子はそれだけで満足だった。


「俺は笠井、いえ、仕事では旧姓を使い続けていた西村千代子さんが勤めていた会社で話を聞きました」

部下の口頭と文面の報告を聞き読んでいた朱美は訊いていた。

「笠井千代子さんは、会社で『西村千代子』という名前で通していたのね？」

田村は私情を挟まずに、業務的に答える。

「社内で知り合った男性社員と結婚したんです。だから、戸籍上では『笠井千代子』です。でも、この女性は社内で旧姓を通したようです。だから、『西村千代子』なんです」

「仕事上では、旧姓。仕事から離れたら、夫の姓なのね」朱美は確認した。納得させて、悩む。「紛らわしくなかったかしら」

吉田が嘴を挟んだ。

「仕事とプライベートを分けたかったのかもしれないね」

朱美は父親の名字遍歴を思い出した。

「じゃあ、お父さんはお仕事で結婚前の名字を使い続けていればよかったと思うわ」

「それは人、それぞれだよ」まだ結婚、婚約すら確定できていない娘に、父親は考え方は様々だと話す。「私は吉田家の一人娘と見合いをして、久江と結婚すると決めたんだ。久江は母親の跡を継ぐために頑張っていたからね。私は久江の姓になることに迷いはなかったよ。仕事柄上、別姓にする気持ちもなかったしね。跡継ぎの夫だからといって、家業の手伝いを強要されなかったから、私は結婚する前からの仕事を辞めずに続けられたんだ」

「でも、警察のお仕事を相談もしないで辞めてきたって、お母さんから聞いたわ。お母さんはお父さんのお仕事に干渉しないから、ううん、お父さんのお仕事に干渉できないくらいにお母さんは時間に余裕がないの。だから、お父さんが自分の会社を立ち上げても、見過ごしていたの。お母さんが見過ごせなくなったのは、お父さんが私を無理矢理、ここに入れる手続きを勝手に進めていたからなの」

拗ねる朱美を見て、吉田は話の矛先をすり替える。

「朱美は優とデートをしたくないのかな」

父親は娘の恋愛を心配する。

娘は素直に認める。

「お父さんと同じお仕事を選んだの。お仕事で忙しい優さんと、このお仕事を口実にデートができるの」父親の気遣いに感謝していると伝える。そして、ますます拗ねる。「私をここに入れて、よかった、とお父さんは思っているのかしら」

田村は父と娘の会話に口を挟む気持ちはない。

他人事なのだから。

「諦めましょう」

朱美に言い聞かせる。

やだ、朱美は幼い仕草で駄々をこねる。

半年ばかりだが、田村は捜査経験皆無の朱美の仕事ぶりを、部下ながら評価する。

「主任はこの仕事、けっこう向いてると俺は思っています。やだやだと言いながら、俺を振り回してるじゃないですか。俺は警察官だった時、使いっ走りされてたから慣れてるんです。所長は主任に俺を使えと言ってます。俺もそれで納得しています。だから、今回も俺が使いっ走りで出張に行ったんです。俺だって、まだまだ所長が納得できる報告文を書けると思っていません。そんな俺の報告で、主任がどんな答えを出すのか、所長は楽しみにしてるんです」

きっと、と平の調査員は警察官時代には雲の上の階級にいた吉田を見る。

「朱美を田村に任せて正解だったね」

吉田は世間知らずに育てられた娘を任せた元警察官が言わずもがなで理解してくれてい

ることに、悦に入り頬を緩む。

「すっかり話がそれてしまったじゃないか」吉田は脱線を引き戻す。

「朱美と年齢と変わらない当時の西村千代子さんは結婚したが、朱美のように実家にい続ける理由がないのに離れる気持ちがなかったようだ。果たして、上司だった夫を心から愛して結婚したのかな。心から愛して結婚したのなら、公私ともに夫の名字を名乗るはずだね」

「でも、お父さんはお母さんの名字を選んだわ」

吉田家の一人娘は、話を蒸し返す。

未だ、異性を愛する実感を得ていない娘を心配だが安心する父親の貌で見る。

「私は久江を愛したからね。名字はどちらでもよかったんだ」そうだね、と蒸し返された話を引き戻す。「西村千代子さんは一人娘だったね。だから、結婚しても、同居を許したのかもしれないね。いや、一人娘だから、手元に置きたくて同居したのかもしれない。娘の夫は転勤族だから、いつまで一緒に暮らせるのかも分からない。妻の実家に同居する夫にしても、別に暮らすよりも余計な出費を抑えられる。いつか生まれてくる子どものために、貯蓄に回せるからね。残念ながら、子宝には恵まれなかったようだが」

赤ちゃん、来てくれなかったんだ。朱美は我が身のように悲しい顔をした。来て欲しくても、来てくれない夫婦はたくさんいるよ。かつての妻の妊娠を知るまでの気持ちを思い出して、吉田は娘に言い聞かせる。

「あるいは、だ」

吉田は表情を改めて、部下二人を見た。

「笠井千代子さんは、妊娠を望まなかったのかもしれないね」

田村が聞き込んできた内容を口頭で伝える。

「子どもを望んでいた、と同僚たちは聞いたことがないようです。不妊治療をしている、と聞いたことがないようでした。二十代で娘が結婚してくれたんです。当然、孫の誕生を期待していた、と笠井千代子さんのご両親は話してくれました。親が期待しても、出産する当人が病院に行ってくれないと始まりませんからね」

年下の上司がそうではないが、と田村は朱美を見る。私は大丈夫、と不安の表情がない。それどころか、心配している。赤ちゃん、ほしくないと思う女の人がいるのかしら。寂しい人生だ、と朱美はそんな人生にはしたくないと思う。

「子どもがいて、幸せか不幸かなんて、後から分かることだよ」調査会社の代表として、結論を表す。「笠井千代子さんは子どもができなかったんだ。だからといって、不幸ではなかったようだ。結婚しても、旧姓で仕事を続けた。夫を単身赴任させても、実家に住み続けたんだ。むしろ、幸せだったのかもしれない」

それは、と吉田は部下二人の視線を集める。

「笠井千代子さんの夫が東京の本社勤務になるまではね」

そのようです、と田村は報告者として頷く。

笠井千代子は夫が帰京するまでは、同居する両親から見ても、溌剌としていた。そう、東京から来た調査員に答えている。

「東京に、来てからだね」

所長の表情を朱美は評する。「すごく楽しそう」

「そうだよ」吉田は認める。

田村を指名した。

「明日、私と一緒に来なさい」

「私は明日、お母さんのご用なの。田村、お父さんをお願いね」

意図が違う、と吉田が言う。

「まだお前の出番ではないからね」

吉田の目論見を、田村は問わない。

「同行します」明日の予定は決まったらしい。

千代子の再びの東京生活

千代子の夫は東京本社の勤務になった。

千代子は東京にいる。

東京の空の下、夫が仕事に出かけた平日の午前中にベランダで洗濯した衣類を干している。

東京の空。

千代子には異質の空だった。

故郷の空ではない。

千代子は毎日、故郷の空を懐かしむ。


夫の本社異動を前に、千代子は結婚しても勤め続けていた会社を退職していた。本社にパート社員の受け入れがなかったから。夫の東京行きのために、千代子は故郷に帰ってきてから勤め続けていた会社を辞めていた。だから、出勤する会社がなかった。だから、家のベランダで午前中から洗濯を干しながら、空を見上げていた。

故郷の山の上に、青い空。

千代子はそれが本当の空だと思っている。

だから、東京の空は本当の空ではない。

夫の実家があるのは東京都文京区の本郷という住所だった。ベランダから見えるのは、山ではなく家並みと高層ビルばかりだった。屋根と高層マンションばかり。住宅地の屋根を山の峰と思えば、しかし、千代子には故郷のような空には見えなかった。

空の色が違った。

何が違うのか？

と、問われると明確な答えがないから返せそうになかった。

明確に何が違うのか、分からない。けれど、千代子の中では決定的に何かが違った。

千代子の夫は一人息子だった。一人きりの男の子の所に、嫁として、息子よりも十五歳も年下の、孫のような千代子が嫁いで来た。

夫の両親は息子の嫁だが、娘ができたように千代子を可愛がった。

息子の本社勤務を知った両親は、久しぶりに帰京する息子と、一度は上京し東京で就職した嫁の夫婦が二人きりになれるよう、息子が東京に帰る前に自宅のリフォームを終えていた。一階は親夫婦、二階は息子夫婦と水回りを分けた。息子夫婦の生活を干渉しないからといっても。夫の両親の目を気にして、息子夫婦に子作りに専念してほしかったから。息子は定年退職が見えている年齢だった。しかし、十五歳も年下の嫁が期待を残した。未だ三十代後半の嫁は母親になってもおかしくない年齢だから。

千代子は故郷の実家に戻ってから、父親が話をつけていた会社に入り、夫が本社勤務になるまで、実家を出ることを拒んだ。結婚していながらも、夫は単身赴任をし妻は実家に住み続けた。しかし、本社勤務となれば、別居していると会社に知られれば、夫の査定に関わってくる。まして、夫の実家が東京にあるのであれば、いつまでも妻が引きこもってはいられない。一度は大学進学を機に上京したが、東京で就職して半年で故郷に戻っている。それ以来、一度も東京に遊びにも来ていない千代子。夫が東京に戻る足で妻の実家に千代子を迎えに来た。その時に至っても、千代子は実家から出ないと騒ぎ、夫と両親を困らせた。しかし、夫は強行に妻を連れだした。千代子は東京行きの支度をしなかった。千代子の母親が準備万端で待っていた。東京では夫婦二人の生活でない、夫の両親が可愛がってくれる。千代子の両親は安心して娘を夫の両親に託して送り出した。

夫の車に乗せられて、東京に向かう千代子。

仕事もなく、東京に向かう。

故郷に帰った時も、千代子は無職だった。

そして、再び東京に向かう千代子は無職だった。しかし、女性として負い目がない。結婚している。夫は役員待遇で本社勤務になった。だから、夫は本社に戻れたと喜んでいる。夫の庇護がある。喜ぶ夫を横にする千代子。千代子は未だ夫を愛しているという感情を持った記憶がない。世間的には結婚している、ということだけ。それだけで女性を評価する。千代子は結婚している。まだ子どもがない。妊娠した過去もない。夫は子どもを望んでいるという様子を見せることがある。しかし、千代子は子どもが欲しくなかった。孫の誕生を望む両親と夫の両親には、妊娠しない、と理由をつけていた。夫は本社勤務になったが、定年が見えている。夫の年齢的なこともある。妻の妊娠を望んでいる、と聞いていない。未だ愛せない、ハンドルを握る夫を千代子は見る。東京では、夫の両親が息子夫婦のために二世帯住宅にリフォームしたと千代子は聞いた。生活は別々にしてくれるだろうか。千代子は東京の生活に何も希望を持っていなかった。東京で仕事を探す気持ちもなかった。しかし、千代子は結婚している。夫は生活費を妻に渡してくれる。だから、千代子は東京の生活に不安はなかった。

千代子の東京の生活は、生きながらに死んでいるようだった。夫のために家事をする毎日。夫が仕事でいない昼間は、義両親が嫁を気遣って、呼んでくれた。千代子を義母は買い物に連れ出して、近所の友達に紹介した。まだ年齢的には妊娠出産が可能な嫁に、子どもの期待をしていると話した。しかし、千代子はそこに至っても、子どもが欲しいと思わなかった。夫を愛していないから。故郷の両親は、たまに帰ってきてほしい、と言ってこない。たまには帰ってきたら、と言われたら、千代子は夫を置いても帰るつもりだった。

しかし、言ってきてくれない。だから、空を見上げた。

空は大きくて広いから、故郷につながっているから。

それなのに、なぜだろう。

故郷の空ではない。

東京で就職していた頃と変わらない、東京の空。

夫は各地を転勤した。

いろんな空を見上げたのだろうか。

空を見上げる余裕があったのだろうか。手帳と資料と携帯電話を見下げているのだろうか。千代子は東京に来てから、仕事をしていない。だから、手帳と資料と携帯電話を見下げる必要はない。千代子は夫の妻だから、夫の衣類を洗濯して、天気が良い日はベランダに干して。

千代子はどんな天気の時も、空を見上げている。

千代子の子作り大作戦

千代子は夫に連れられて、東京に戻った。しかし、子どもができる気配はなかった。たとえ妊娠できたとしても、高齢の出産だった。夫も父親になるよりも孫を抱く年齢になっていた。しかし、夫の義理の両親は孫を望んだ。だから、夫が休みの日には夫婦で出掛けさせた。自宅ではない、非日常の環境であれば夫婦の営みも新鮮に行えるかもしれないと五十を超えた男と四十の声を聞こうとする女を、追い出すようにデートに出掛けさせた。

千代子は何度か夫とホテルで非日常の夫婦の営みを行った。しかし、それは義務と割り切って体を合わす。夫を未だに愛せないが、女としては欲情を満たされる。夫も男としての欲情を発散させているようだった。

それは何度か、だけだった。

夫の仕事が休みの日曜日だった。

千代子は夫の両親に追い出された。夫の車で出掛けて、車を停めている。

非日常の環境で二人きりになれる建物を目の前にしている。千代子にその気持ちがない、それを察した夫は車から降りようとしない。建物に入ろうとしない。

千代子が、乗り気でなかったから。

故郷にいた頃よりもやつれた。千代子もそれを自覚していた。東京に来てからというもの、日々、元気を無くしていった。顕著に見て取れた。だから、夫は千代子が前向きになれる方法を考えてくれた。しかし、きちんと付き合って結婚していない。結婚後も夫は単身赴任で別居生活だった。だから、夫は千代子の趣味嗜好をよく知らないらしい。訊かれても、千代子の返事は決まっている。

故郷に帰りたい。

千代子は故郷の空が大好きだったから、東京の空の下、歩きたくない。車から降りたくない。ただ、虚ろに助手席のシートに深くその身を預けている。

夫は千代子を見る。

吐かれる、ため息。

車を発進させた。

男として萎えたのか、諦めたのか。

千代子は、それはそれで好都合だった。

ホテル街から幹線道路に出て、流しながら夕食を摂る店を夫は探している。私鉄の駅前だった。駅前だから、時間的にも賑わっている。走りすがりに目当ての店を見つけたのか、パーキングに車を停めた。スマートフォンを取り出して、検索している。電話を入れている。予約が取れたらしい。千代子は夫の行動を傍観していた。

夫が車を降りたから、千代子も降りた。

夕飯目当てに繁華街を歩きだす夫婦。

定年間近の夫と三十代後半の妻、結婚して十年以上夫婦でいるキャリアがある。手をつなぐほど、若い夫婦ではない。だから、手をつながない。二人並んで淡々と歩く。


日が沈み、街灯と店の明かりがデートの雰囲気を盛り上げている。

千代子は足を止めた。

夫が突然立ち止まった妻を心配して止まる。看板を見た。

不動産屋、だった。

千代子は、あるディスプレイに食い入って魅入った。

妻の興味に夫も見る。

アパート一棟売りの物件だった。

住所は、都内。品川区の南品川。

夫は妻が再び別居生活を望んで、一人で暮らす部屋を見つけたのかと思った。しかし、物件は賃貸ではなく売買。東京に戻ってきてから、仕事をしていない千代子が自分の支払いで部屋を借りる余裕があると夫は聞いていない。まして、物件を購入するなど到底できないだろう。それが可能になるのは、夫の理解があれば、だが不可能ではない。実家のリフォーム代は老いてはいるが、いつかは東京の本社勤務になると信じて貯蓄分で支払いは終了している。だから、夫には住宅ローンを支払う重荷は一円だってなかった。

千代子がディスプレイから離れる気配がない。夫は腕時計を見た。閉店する案内にある時間ではなかった。

千代子は夫が一緒にいないように、一人で動く。足先は不動産屋の自動ドアに向かっている。

千代子の東京の居場所

千代子の、妻の金額が大きすぎるおねだりだった。

夫が建物一棟を買ってくれた。

千代子は物件を前にして、殊更に気に入ってしまった。

一階の五号室が空いていた。

どこにでもある玄関扉に、千代子は益々惹かれた。

その場で、千代子は欲求を態度に表していた。夫名義だが、購入を欲したのは、妻の千代子だから、立派な管理人に違いない。

アパートの新しい持ち主だから。千代子はマスターキーを持っていた。だから。その鍵で一階の五号室を開けた。

気持ちばかりの玄関スペースを上がると、台所があった。その奥にガラスの引き戸。その向こうには、二部屋がある。手前の部屋に入って、またその奥に部屋がある。

気に入る千代子。

この部屋を管理人室にすると決めた千代子。

一番奥の部屋をアトリエにすると決めた千代子。

東京まで連れて来られて住む、夫の両親の家。千代子の私物はすべて、実家に置いてきた。夫婦の共有財産を持って、上京した。だから、夫の実家に、千代子の居場所はなかった。

東京の居場所。

千代子は見つけた。

第四章　田村の吉田と同行したその報告

1

金曜日の午前中。

朱美は率先して、お茶くみに忙しい。その姿を追う田村は、さすがに上司が忙しく給湯室を行き来しているのを見かねて、手伝うと声を掛ける。ところが、張り切った口調で自分がやりたいからと追い出された。追い出されたから、大人しく自分のデスクに戻る。

部下二人のやりとりを見ていた吉田は、田村に言葉を投げた。「朱美がしたいんだ。好きにさせなさい」

「そのようですね」

田村は思考を切り替えて、吉田に訊く。

「笠井さんから連絡があったんですか？」

ないよ、と気にも留めていない返事。

朱美が質問する。「笠井恭助さんから連絡をもらうような所に、所長と田村は言ったようだわ」

「行ったよ、田村とね」

「どこに？」

「不動産屋だよ」

朱美はデスクに戻る。

回転椅子に座ると、声を弾ませた。

「今日は昨日、所長が田村を連れて行った話が聞けるから、楽しみに出勤してきたの♡」

「朱美、水曜日に私は言ったよ。『まだお前の出番ではないからね』と。私はちゃんとお前の出番を考えている。それが今ではないよ」吉田は朱美から田村に視点を転じた。「田村が持ち込んできた話だから、その本人に責任を取ってもらうよ」

「その責任を取らされて、俺は所長の同行ですか？」

吉田の首肯に、田村は昨日《さくじつ》の動向を思い出す。

朱美に話す。


木曜日。

田村は吉田の同行で、不動産屋にいた。大手の不動産会社の営業所だった。

物件を購入したい、というラフな格好の年配男性とその子どもと思われる男性を、さすがは最大手の営業マンがプレスの効いたワイシャツに背広姿で迎えた。

単刀直入に購入したい物件を尋ねる担当者。

ところが、吉田は売り出し物件ではなくこの営業所を介した売却物件を買いたい、と言う。いずれは息子に引き継ぎたいので連れてきた、と田村を紹介した。

吉田は物件の住所を伝える。

物件の所有者と賃貸借契約の状況を確認した担当者は、媒介した不動産会社だから、物件の管理をしているという。そして、忠告する。瑕疵物件、だと。

吉田は田村の話を聞いていたから、知っていた。しかし、「ほう、それはどういう」初耳と嘯いて驚く。

担当者は説明を始めた。

所有者の身内が亡くなった、と。

「私はその程度では気になりません。殺人事件ではないのでしょう」

吉田は格安で購入できると殊更に意志を表した。

担当者は物件の購入希望の条件を訊く。

吉田は具体的な金額を提示する。即金で支払いができる。その証明を何点か原本で見せた。

書き留めた担当者はバックヤードに下がった。しばらくして、戻る。現在の所有者と連絡を取ってから返答したい。購入希望者の連絡がつく電話番号を訊いてきた。

吉田は業務用の携帯電話の番号を担当者に伝えた。

「驚きましたよ」

田村は昨日、吉田が見せた行動を朱美に話す。

「所長が事故物件を欲しがるなんて思いもしませんでしたよ」

「笠井千代子さんが気に行った物件を所長は買いたいと言ったのね？」

朱美は田村に確認する。

「はい。確かに言いました。俺からは金額が見えなかったんですが、担当した人の目の色が変わったんです」

「お父さんって、そんなに貯め込んでいたのね」

娘がため息をついて、父親を見た。

「久江が頑張ってくれたからね、当然だよ」

夫は妻への敬意を憚らない。

「本来なら生活費に掛かる金額を丸ごと、貯蓄に回せたんだ。妥当な金額だよ」

「だからって、それを見せ金にすることはないと思うわ」

「さすがは私の娘だ。私の考えが筒抜けだ」

「お父さんの子どもだもの。田村の話を聞きながら、私は考えていたの」朱美は口調を変える。「所長は遠回りしないで、正面から笠井恭助さんと会おうとしているの。交渉が目的ならば、理由を必要としないもの」

「その理由の用意はあったけれど、訊かれなかったから答えることもないね」

「あったのね。どんな理由だったのかしら」

「田村のような、地方から上京して来た独身者のための寮、かな」

吉田の口実に、田村は通勤の時間と距離を考えた。大井町駅から中井駅までの時間と定期券の金額を調べていた。その結果にため息が出る。

「遠すぎます」

吉田も調べていた。

「遠くはないよ。これくらい時間をかけて通勤している人もいるからね」

「俺は嫌です」

朱美も調べる。

「田村はどうしていやなのかしら。私はまだ電車に乗ることになれていないの。だから、電車で通勤してみたいわ」

吉田は娘の世間知らずに呆れる。

「朱美は現実を知らないから、興味本位で言えるんだ。毎日となったら、大変だよ。私も可愛い娘が慣れない電車に揺られて通勤していると思うと心配だ」

「お父さんが心配することじゃないわ。お母さんが私をあの家から出さないから」

「ああ、出さないだろうね」

「ええ。私も出ないわ」

朱美は決めつけている。

「お前は独り暮らしをする必要はないよ」

吉田も娘が実家に住み続けることを容認しているという。

「しかしながら、朱美のようにいつまでも実家に住んでいてほしいと思っている親は多くはないだろうね。進学や就職で独立して、一人の収入で生活する大変さを知って、初めて実家で暮らせる有難みを知るんだ」

「そうですね」田村は実感を込めて頷く。「俺は警察の寮でしたが、何もかも自分でやらないといけないのは同じでした。慣れるまで大変でした」

「田村にできたの、私もできるわ」

「朱美がしたくとも、久江や森崎さんが許さないだろうね。優も出る気持ちがないようだしね。優の腰が重いんだ。お前の独り暮らし、いや、実家を離れて暮らすことは優次第だよ」

「どうして、優さんの名前が出てくるのかしら。私の独り暮らしのお話なのに」

「お前に独り暮らしをさせる気持ちが、久江にも森崎さんにもないということだよ。父親の私も同じだ。優なら、尚更だろうね」

「じゃあ、優さんと一緒に暮らすわ。いつかはそうなるんだもん。時期が早まるだけだわ」

「久江は話が本決まりになるまで、家事一切を朱美にやらせないと言っている。優も坊ちゃん育ちだ。朱美が家事をするなんて考えてもいないだろうね」

「そうね。でもそれは、私が森崎の家で生活を始めたら、の話だわ」

「それを森崎さんは熱望しているよ。そうなったら、私たちは寂しくなるだろうね」

「お父さんとお母さんが寂しくならないように、優さんに来てもらえばいいわ」

「果たして、最後に残った息子を森崎さんは手放すかな。どちらに転ぶとしても、お前たち二人の問題だ。二人でよく話をして決めなさい」

「私は優さんの決断に従うと決めているの。まだそれを私に言ってくれないだけだわ」

「そこが優のだらしないところだと、森崎さんと話しているんだ。せっかくあれだけのお膳立てをしたんだからね」

「だから、私は優さんの決断に従うと言えるわ」

「森崎さんのお節介は功を奏したようだね。お前のその覚悟を植え付けたんだ。問題は優の方かな」

「優さんは私が今すべきことを考えてくれているの。優さんは警察のお仕事をしたいようなの。お父さんの手助けになっているみたいだわ」

「私は優以外に知己はたくさんいるよ。田村も以前は警察官だったんだ。言葉が悪いが、捜査員の兵隊として使われていた経験がある。だから、今は田村に動いてもらっている。朱美の出番はまだなようだよ」

「その言葉は田村がこの話を持ち込んでから、何度も聞いたわ。所長が言う、私の出番はいつなのかしら」

「さて、それがいつなのか。私にも分からないな」

「所長にも分からないんですか？」

田村は吉田の目処がついた先日の行動だったと思っていたから、訊いてしまった。

吉田は飄々と言う。

「昨日の今日、だよ。それに、平日勤務のサラリーマンなら、今日が一週間の締めだ。忙しいはずだ。今日の仕事を無事に終えて、土日の休みにゆっくりと考える。それが賢明だ。ましてや、笠井さんの奥さんが一目で気に入った物件で、ああいう形で亡くしている。四十九日もまだ先だ。私との交渉を検討するのは、その後で十分間に合うよ」

「笠井千代子さんの四十九日といったら、」田村は死亡している状態で発見された十月五日から置きタイプのカレンダーで足していく。先にパソコンのエクセル関数で日にちを導き出した吉田の口調は軽かった。「待っていると長く感じるけれど、過ぎてしまうと、あっという間だよ」

「確かに、あっという間です」

田村もそう思う。

納得する。

しかし、日が経ち過ぎる。

「俺が持ち込んだ話ですが、その頃には別の依頼の調査で忙しくなっていると思います」

「田村の未来的観測は正しいね。私もそこまで待つ気持ちはない。けれど、ね。私たちは正式な依頼を受けていない。田村の話を元に、勝手に動いている状況だ。だから当然、笠井恭助さんは私たちのことを知らない。いや、昨日のことで知ったかな。知ったところで、交渉できる気持ちではないだろうからね。だから、私は待つとしよう。待つ間に、私たちにできることがある」

　そうだね、朱美。吉田は部下にする娘の反応を窺う。

「笠井恭助さんからの連絡を待つ間にできることって、経験浅い私に訊くよりも刑事さんだった田村に訊いた方が早いわ」

　早々に放棄する朱美。

　放棄しても、矛先は向いていると田村は言う。

「主任、俺に責任を転嫁しないでください。所長は主任に訊いてるんです」

「私に訊かれても、私が考える材料を所長は用意されていないの」

　朱美は上司を見る。

　思惑たっぷりに口角が上がっていた。

「さすがは私の娘だ。材料を揃えれば、料理をしてくれると言ってくれている」

　さて、と吉田は朱美に昨日作ったばかりの共有フォルダを開くよう命じる。

「私が物件を購入したいと名乗り出たんだ。現地を見なくては始まらない。笠井恭助さんが所有しているアパートの賃貸物件を管理していると聞いてね。部屋を見せてもらったよ」

　謎掛けをする。

　朱美、ため息。

「何号室を見せてもらったのかしら」自分に問いかけて、自分で答える。「それは、一階の五号室だわ」

「何故、その答えになる」

「笠井千代子さんは彼女に陶酔していたの。建物は異なるけれど、部屋番号は同じ」

だから、と朱美は簡潔に表す。

「同じ部屋番号で、笠井千代子さんは亡くなっているね」

朱美の私見を吉田は問う。

「私は直接、笠井千代子さんと知り合いじゃないわ。お部屋にも入っていないわ。亡くなっている現状も見ていないの」

2

朱美は思い付きで訊きたくなった。

「田村が結婚していてね。田村が愛する奥さんが自分を殺してほしいとお願いされたら、夫の田村はその願いを聞き届けるのかしら」

話が飛ぶね、豊富な捜査経験者は悦だった。

「笠井恭助さんが妻の千代子さんに頼まれて、手を下した。そう、朱美は考えたようだ」

言い出した本人が頷く。

「それが真実だとしたら、千代子さんが夫の恭助さんに頼んで殺してもらった委託幇助だ。しかしながら、朱美がそれを考えなくとも、千代子さんが亡くなっていた部屋に踏み込んだ時に可能性の一つとして、捜査しただろうね。当然、警察は恭助さんから話を聞くだろうね」

「私は笠井恭助さんとまだ会って、話を聞いていないの。ここには、所長と田村しかいないわ。笠井千代子さんが亡くなっている部屋を見た警察官がいないわ。田村が持ち込んだ話を面白がって、所長が勝手に調べているの。ご丁寧に、報告するこの場まで設けるの。だから、私は私が考えられることを言うわ」

　所長はそれを望んでいるようだから、朱美は故意に中断された話を戻す。

　田村を見て、繰り返す。

「田村が結婚していてね。田村が愛する奥さんが自分を殺してほしいとお願いされたら、夫の田村はその願いを聞き届けるのかしら」

「それを俺に訊きますか？」

「うん」

「彼女ができても、仕事が忙しいことを理由に振られ続けている俺に」

「うん。でも、彼女ができるんだもの。付き合いの長さは別にして、彼女に例えば自殺願望があって、自分だけじゃ死ねないから、手伝ってほしいと言われたら、田村は協力するのかしら」

　朱美は田村の彼女の有無には興味はない、冷めた口調だった。

　同じ二十代だから、まだ婚約をしていない朱美も当て嵌まる。田村は質問をそのまま返す。

「主任こそ、どう、思うんです？」

「私が何を思うの？」

「主任の方が俺より現実的でしょ？　主任には森崎警部という彼氏がいるんですから」

「優さんは私の彼氏なのかしら」

朱美は父親を見る。そうでなければ困る、そんな表情。

「確かに、お母さんがちゃんと仕事に復帰してから、私は森崎の家に預けられたわ。もう中学生になっていたお兄ちゃんが学校から帰ってくるのを、楽しみに待っていたわ。でも、お兄ちゃんじゃないって、幼い私は思い知らされたの。森崎家の男の子ってね」当時を振り帰って、クスクスと相好を崩した。「とっても、積極的なの。初恋もまだの私にね」

「主任のモテ自慢が始まりそうなので、それは別の機会に聞きます。時間がある時に、ゆっくりとです」

今度、ゆっくりとね。朱美は話すつもりで満々だ。

「はい。しっかり、聞かせてもらいます。ところで、主任の初恋の相手って、森崎警備じゃないんですか？」

私の初恋って、朱美はきょとんと田村を見た。邪気のない仕草。

「そういえば、私の初恋って、いつだったんだろう」

「俺は小学生の頃でした」

田村は初めて女の子にときめいた瞬間を告白する。

「田村が通っていたのは、男の子と女の子が一緒の学校でしょう？」

「主任。それを『共学』と言います」

「知っているわ。私は高校まで女の子ばかりの学校にいたの。姉妹校には男の子の学校はあったけれど、交流はあまりなかったわ。だから、大学に入って、驚いたわ。男の子と女の子があまりにも自然に話しているの。私だって、森崎の家で優さんのお兄様たちのお子様とお話ししていたわ。でも、それが学校の中なの。大学の入学式が終わって、広い敷地とたくさんある建物の中から、行かなくちゃいけない場所の案内図を見ていたらね」

朱美はまだ遠くない過去を思い出し笑いをしている。

「声、掛けられちゃって」

「それを『ナンパ』と言います」

「そう言うみたいね。その男の子とは、学部が違ったけれど、サークルにも誘ってくれたの。お稽古で忙しかった私が参加できる日は、メッセージくれて、一緒に参加したわ。私を好きだったみたい。卒業間近にね。私へのプレゼントを用意して、告白してくれたの。でも、私には優さんがいるから、その想いに応えられないの」

「もちろん、主任から気持ちに応えられないと言ったんですよね？」

「私は、言った覚えがないの。優さんが来てくれたから」

「なぜ、そこに森崎警部が出てくるんですか？」

朱美が告白されるのと森崎が登場する経緯が、田村には結び付かなかった。

「うん、どうしてだろう。お仕事が公休だったのかもしれない。学校が終わって、寄り道してたら、近くにいたの」

「主任。それを悪く言えば、ストーカーですが？」

森崎も朱美の同期の男子学生も、だ。しかし、田村は朱美が悪意と思っていないのだから、つきまといではない、だろう。

「それを、ストーカーというの？」だったら、と朱美は該当する事柄を思い出す。「優さんは私のストーカーね。私が『私にまとわりつくストーカーさん』だって言ったって。優さん、否定しないもの。私も優さんが私を傷つけないから、まとわりつかせているわ」

「主任。それを、ノロケと言います」

「田村がそう言うのなら、そう言うのね。私には自覚がないけれど」

朱美は天然に惚ける。

田村はそれを呆れ返って見てしまう。

「自覚がないくらい、厄介なことはありません」

「あら、田村にもそんな女の子がいるのかしら。彼女ができないって言っているのに」

「俺は本当に、彼女ができないんです。できたとしても、俺の仕事が忙しくて、デートができないって、振られるんです」

「お仕事が忙しくて、デートの約束ができないのは、優さんも同じよ。私もね。母のことだけでも忙しいのに、父の仕事を押し付けられて、輪っかをかけて忙しいの。だから優さんが私を強引に連れ出してくれることが、とっても、嬉しいの。だって、堂々とデートに出掛けられるでしょう?」

　娘が仕事を押し付けられたと口を憚らない吉田を田村は見る。仕事を理由に、同行のデートをセッティングしているのを、ここ何か月かの間だが見ている。娘の恋愛に寛大な父親だと思っているが、朱美はそれに不満を漏らしている。羨ましいばかり、と思うのだが。

　自覚のない恋愛の現在進行形を普通という本人は無意識なのだから。

「だから、それをノロケと言います」田村は呆れ返るしかない。「森崎警部といい、主任といい、お互いに好きなくせに、未だ恋人同士でないことが不思議でなりません。まあ、森崎警部は主任を大好きだと公言していますが」

「あら、私も優さんが大好きだわ」

　朱美は素直に気持ちを告白して憚らない。

　田村は、益々、呆れ返る。

「お互い、大好きなら両想いですね。たまたま、所長にスカウトされた俺が主任の世話係を頼まれたんです。俺が心配する必要はないようです。主任が森崎警部を大好きって言ったら森崎警部は大喜びですね。カップル成立です」

「田村の言う『カップル』がどういう定義かが、私には分からないわ。私はね。優さんと一緒にいられる時は、ちゃんと一人の男の人として見ているわ。だから、田村が心配する必要はないわ」

「そういうところなんです」田村は納得してしまう。「森崎警部は主任を愛する女として見ているのに、主任はまだお子様だから、森崎警部を大好きと言いながらも、愛する男として見られていないんです。主任がいつから森崎警部と知り合いなのかは訊きません。俺が知らなくてもいいことですから」

「そうよ。田村は知らなくてもいいの」

朱美は答える気持ちがないという。

「田村に彼女ができないからって、私に八つ当たりしないでほしいわ。田村が片思いでも、ちゃんと好きだって気持ちを伝えれば、伝わるはずだもの。仕事を理由にして振られることもないと思うわ」

「主任は森崎警部の仕事を理解してるから、森崎警部がどんなに忙しくても許せるんです」

「私が優さんのお仕事を理解できるのは、父を見てきたからだわ」朱美は小さな時を思い出す。「母も自分の仕事で忙しかったの。父の顔を見ない日が何日も続いた時もあったわ。でも、休みの日には遊んでくれたわ。母もお仕事を休んでくれたの。私はお父さんとお母さんが揃っているのがうれしくて、たくさん、甘えておしゃべりをするの。父はちゃんと聞いてくれたわ。私がおしゃべりに疲れて、眠くなるまでね」

「主任がご両親に愛されて育ったことは、よく分かりました。だから、森崎警部の忙しさを理解できるんですね。森崎警部が休みの時は、どれだけ主任のおしゃべりに付き合わされてるんでしょうか。森崎警部はきっと、ゆっくり休みたいと思っていますよ」

「田村は彼女のおしゃべりが迷惑なの？」朱美は女心が分かっていないと拗ねる。「田村が大好きだから、彼氏と一緒にいるのに。それとも、田村の方がおしゃべりなのかしら。彼女のおしゃべりを聞く前に、彼氏がおしゃべりしたら、彼女が可愛そうだわ。彼女は田村と会えなかった間のこと、おしゃべりしたいのに」

「俺が大好きな彼女だったら、いくらでも話を聞きますよ。今はいないだけです」

「あら、それはかわいそう」

朱美は感情なく言葉にする。

同情する気持ちがない朱美に田村は言い返す。

「主任。心にもないことを言わないでください」

「田村の彼女でもない私を分かってくれて、うれしいわ」でも、残念ね。田村の期待に応えられないと朱美は言う。「私は優さんが好きなの。優さんのお仕事はお仕事以外に話せないことが多いの。だから、ストレスが溜まるの。優さんは優しいから、私に言わないの。小さい頃からずっと、一緒にいたから分かるの。優さんだって、ストレスを発散したい時があるわ。そうしたいのかしら、と思う時があるの。そういう時は、聞いてあげるわ。言葉じゃない行動で起こすことがあるの。優さんは男だわ。ダイレクトに私にぶつけてくることもあるわ。優さんは無意識だと思うけれど」

娘の発言に父親が顔をしかめるのが視界に入った。訂正を入れる。

「誤解しないでね、暴力じゃあないから」

田村には森崎が起こす行動に察しがついた。女性の同意がなければ、犯罪行為に等しい行為だ。だから、敢えて言う。

「パートナーからのDVは問題です。警察官なら、尚更問題になります。主任がそう思わないのなら、森崎警部の愛情と捉えているようですし、森崎警部が主任を大切にしてることは見てるだけで分かりますよ」

「だから、お父さんも安心しているのかしら。ううん、そうじゃないと思う。お父さんと優さんは父親と息子みたいな歳の差だから、父と子みたいに仲がいいの。時々ね、私がやきもちを焼くことがあるの。優さんが選んだのはお父さんと同じお仕事でしょう？　私が学校に通っていた時に、優さんがお仕事の貌のまま帰ってきたことがあったの。私は優さんにお話ししたいことがいっぱいあるの。聞いて、くれるの。お仕事の貌で。だから、私はつまらなくて、かまってくれないって怒ったことがあったわ。でも、お父さんは優さんを叱ってくれるけれど肩を持つし、大人になりなさいって私に言うの。お父さんの会社に無理矢理入れさせられた今なら、少しは理解できるようになってきたわ。子どもだったって。でも、理解できるようになりたくないの。理解できるようになるのは。もう少し先でいいと思っていたのに」

朱美が理解できるのは、森崎との関係にひと段落つけた時なのだ。田村にはまだ程遠い道のりのようだ。何よりも、吉田が娘を入所させなければ、出会っていない女性だったのだ。

「主任が母親の仕事だけしていたら、俺とこうして話してないですよね」

「もちろんよ」朱美は即答する。「だから、私がここにくることもなかったと思うの。お父さんが立ち上げた会社とはいえ、無理矢理入れられた私が、田村の話を聞いた所長が私と田村を笠井千代子さんが住所に惹かれたアパートを見に行くように言ったの」

朱美は調査員の貌で言う。

部下に問う。

「元刑事の田村は、辞めたとはいえ同期の人から聞いて、何を思ったのかしら」

何を今更、と田村は吉田を見た。

「所長が俺の話に興味を持ったんです。食指をそそられたんです。現役を離れたとはいえ、刑事の勘が働いたのかもしれません」

刑事としては下っ端も下っ端だった田村は、現役なら顔を合わす機会もない階級を拝命していた吉田の顔色を窺う。口が過ぎました、と断りを入れる。その本人はスカウトした部下の言葉に反論しない。その直属の上司に意見を求めた。

朱美は部下が持ち込まなければ、関わっていないと答える。

「笠井千代子さんがどんな最期だったのかは、警察が調べるわ。それがお仕事だもの。まさしく、ね。優さんのお仕事だわ」

「そうですね。我々が森崎警部の役に立てれば、森崎警部の手柄になります」

田村も刑事だったのだ。手柄は査定に重要な意味を持つことを、身を以て知っているから同意する。

「そうね。優さんの手柄になって、株が上がってほしいわ。田村が優さんに世間話を装って、話せばよかったの。優さんは刑事だもの。所長や私に巻き込まれたと理由を付けて、協力してくれるかもしれないわ」

「主任をだしにして、ですね」

田村は納得できて、月曜日からの同行を振り返る。所長の吉田は元部下に問い合わせを入れていると想像できるが、今日に至っても出馬して来る気配がない。朱美もふらりと立ち寄らない森崎を待ち侘びる様子も見せていない。調査会社らしい捜査をしていると助言を求めていないように見える。

「今のところは、田村が依頼人だわ。田村の今の気持ちでいいわ。笠井千代子さんがどんな最期だっただけでも知りたいと思わない？」

「それを、主任が知りたいんでしょ？」興味があるのは朱美の方なのでは、と田村は思い口から出た。「俺は元同僚から聞いた話を、主任にしただけです。俺が話しただけで、笠井千代子さんがどんな最期を迎えたのかが判明したら、俺は元同僚に感謝されますね」

「そうね。きっと、感謝されるわ」

朱美は、笠井千代子が最期を迎えたその時を知りたい、そんな顔をしている。

そのことだが、吉田が嘴を入れた。

「笠井千代子さんが亡くなった前後の出来事を、朱美は知りたくないのかな」

知り得た情報を提供すると吉田は朱美に打診する。

前後の出来事、朱美は吉田がどれくらいの幅を指し示しているのかを想像する。

「知りたいわ。所長の伝手で知り得た情報なら、大歓迎だわ」

「お前にはまだ経験値が浅いから伝手がない。知り合いの刑事も、森崎刑事くらいだ。だから、今回は特別だよ」

吉田は別の共有フォルダを開くよう、朱美に指示する。


吉田が朱美に話す。

「これは私の知己からの情報だ」

もう一人に部下を見やる。

「田村も開きなさい」

「当然です」

同席を疑わない田村が上司の許可を得たと読み取り専用をダブルクリックして、フォルダを開く。

3

笠井千代子が大家となったゼームス荘は、一階に五室、二階に五室の全部で十室のアパートだった。大家の部屋は一階の五号室で、旧字体で『壱拾五號室』と部屋番号をかかっていた。

今月も家賃の支払いに賃貸借契約を交わしている住人三人が管理人の部屋の前にいた。

一階の三号室を借りている、の中村。

二階の三号室を借りている、の伊藤。

二階の四号室を借りている、の藤田。

いずれも男性で土日休み、平日勤務の会社員だった。

土曜日の午後だった。

それぞれに長形3号の封筒を持っている。その中身は、現金。大家が家賃を口座振替から手渡しに支払いを変更したのだ。だから、月一回はこうして管理人の部屋の前に立っている。日曜日は不在にしているから、自然と平日勤務の会社員は土曜日の支払いになる。

更に役所勤めの公務員が加わる。

二階の五号室を借りている、の小林。

男性の彼は、先に屯していた住民たちを見て安堵する。六つの目がある。彼も長形3号の封筒を持っていた。

四人の男たちは一斉に顔を見合わせた。頷き合う。

管理人の部屋をノックする。

大家が薄くドアを開いた。

住民たちは家賃を払いに来たと伝える。

ドアが開く。

一人ずつ入る。

大家が女性だから、ドアは開けたままで、現金の家賃を支払う。

三十代後半の大家は封筒を受け取って、一度、奥の部屋に入る。戻ってくる手には一枚の紙が入った封筒を持っている。

壱拾参號室
壱拾八號室
壱拾九號室
弐拾號室
それぞれを住民に渡す。会社員の彼らだから、柔軟に受け取り、部屋を出る。

それを繰り返し、四人目の支払いが終わったのを確かめて、管理人の部屋のドアを閉めた。

ゼームス荘には大学生と専門学校生も賃貸借契約を交わしている。

平日の日中。

女性の大家は結婚している。住まいは別にあり、通いだった。だから、日中にしかいない。午後に来て、夕食の頃に帰る。

大学生は授業とアルバイトの時間をやりくりして、日中の限られた時間内で長形3号の封筒を持ち支払いに来ている。

一階の二号室を借りている、の伊藤。

二階の一号室を借りている、の西田。

二階の二号室を借りている、の藤田。

いずれも大学生の男性だった。

曜日を違くして、管理人の部屋をノックする。

大家が薄くドアを開いた。

住民は家賃を払いに来たと伝える。

ドアが開いた。

ささやかな玄関に入り、ドアを閉める。

現金の家賃を支払う。

三十代後半の大家は封筒を受け取って、一度、奥の部屋に入る。戻ってくる手には一枚の紙が入った封筒を持っている。

壱拾弐號室

壱拾六號室
壱拾七號室
それを住民に渡す。まだ社会人経験が浅い彼らは、露骨に嫌悪を表情に出した。その顔のまま、部屋を出る。

警察官は定期的に公休が回ってくる。だから、家賃の支払いは、平日や土曜日の午後になる。

一階の四号室を借りている、の若林。

交番勤務で休みの日くらいは寝て過ごしていたい。しかし、九月内に家賃を手渡ししようと固く心に決めて、平日の午後に長形3号の封筒を持って管理人の部屋を訪れた。

ノックする。

大家が薄くドアを開いた。

住民は家賃を払いに来たと伝える。

ドアが開いた。

ささやかな玄関に入り、ドアを閉める。

現金の家賃を支払う。

三十代後半の大家は封筒を受け取って、一度、奥の部屋に入る。戻ってくる手には一枚の紙が入った封筒を持っている。

壱拾四號室

それを住民に渡す。階級社会にいながら大人気ない態度を表す。露骨に嫌悪を表情に出した。その顔のまま、部屋を出る。

専門学校生は忙しい。授業を休まず出て、アルバイトして。平日や土曜日の午後なんて、直接家賃を支払いに行ける時間の余裕がない。

なんとか時間を取るのは、毎月のこと。長形3号の封筒を持ち支払いに来ている。

一階の一号室を借りている、の秋元。

長形3号の封筒を持って管理人の部屋を訪れた。

ノックする。

大家が薄くドアを開いて、住民は家賃を払いに来たと伝える。

ドアが開かない。

待っても、薄くドアを開く気配がない。

部屋の中で倒れて、動けない状態かもしれない。不安になって、ノブを捻る。

ノブが回る。

ドアを薄く開いて、呼びかける。

返答がない。

ただ、出て来ないだけかもしれない。

声を掛けて、ドアを開けた。

家賃を渡すだけなら、台所に置くだけで済む。しかし、この大家は渡すだけは済まない。受け取って、奥の部屋に下がって、封筒を押し付ける。

玄関で声を掛けても、返答がない。本当に倒れて、動けないのかもしれない。この部屋を使用しているのは女性だから、男性が一人で上がり込んでは、下心があると思われるかもしれない。大家以上の気持ちを持ち合わせていない。まして、好意など。彼女にはここ以外に自宅がある。土日休みの会社員の夫がいる。その夫とは面識がない。建物の管理は仲介業者が請け負っている。この大家は、家賃を目的があって、手渡しで回収するばかりだから。

奥の部屋に進む。

二つの和室の、その奥。

大家が下がって、芸術とは無縁の、素人が理解できない作品を作成していると思われる部屋があった。

アトリエ、という言葉が浮かんだ。

色紙が、四方八方に散乱していた。

和室をキャンパスにして、散り乱れた色紙と、彼女は作品の一部に化しているように見えた。

吉田は話す。

「田村の友達が聞いたというのは、秋元という男性のようだね」

言葉の先は話を持ち込んだ当人に向かっていた。

「そのようですね、この報告書を読むと」

さすがです、と田村は感服している。

「昨日の午後、俺は所長と、このアパートに行っています。俺の前では、これを調べてほしいと聞いてません。いつの間に、問い合わせたんですか?」

「これは私の知己からの情報だよ」

吉田は情報網が違うと口を憚らない。

田村は白旗を上げた。

「所長と俺のキャリアの差ですね」

「君が刑事として築けなかった信頼を、今度は私が立ち上げた調査会社の調査員として活用するといい」

そうだね、吉田が提案する。

「この話を田村にした警察官の友達は、元同期の君に話したくらいだから、笠井千代子さんの死因に興味があるよ。大いに協力するといい。彼が刑事になった暁には、君が協力者になれる」

恩をしっかり売りなさい、すっかり調査会社の代表の貌で吉田は言う。

「あいつが刑事になりたい、と聞いたことがありませんが」

「私の先走りだったかな」

「俺はあいつじゃありませんから」

刑事になりたいのなら、そのアクションを起こしているはずだ。田村は警察官を辞めているから、職務中の元同期の働きぶりを知らないし将来の展望も聞いていない。

階級の違いとはいえ、刑事の内輪話をしている。田村はまるで門外漢の朱美を見た。

元刑事二人の会話のバトンの行方を、不思議そうに追っている。

田村は吉田に忠告する。

「主任は所長と俺の話を理解していませんが」

「朱美はこれからだよ」

吉田は朗笑している。

「吉田朱美という調査員は、森崎刑事というブレーンを既に獲得している。本人はそれを認識していないけれどね」

吉田の言葉に、朱美は目を丸くしている。

「優さんが私のブレーンって？」

「やっぱり、何も分かってません」

「朱美はこれからだよ」

吉田は部下として雇った娘の将来に期待すると口憚らない。

「私はお母さんの跡取り教育で、ただでさえ忙しいの。お父さんが私に許しを得ないで、勝手にここに入れたの」

朱美は諦め悪く、父親に八つ当たりする。

「私は出勤する日数が田村よりも少ないの。だから、この話を聞いてきた田村にお願いすることが多いと思うの」

お願いできるかしら、朱美は田村を頼りにすると口に出すことを憚らない。

「話を仕入れてきたのは俺ですから、きちんと責任は取って調べてきますよ。主任には、出勤してる日くらいは協力願いたいですね」

「もちろんよ。私の時間が許す限り、協力するわ」朱美は吉田を見た。肯定する表情を確認した。「所長もそれを望んでいるみたいだわ」

新しいパズルを与えられて、朱美の表情はいきいきとしている。

「笠井千代子さんは亡くなったの。笠井恭助さんはあのアパートをどうするのかしら」

笠井恭助さんは持ち続けるのかしら。

笠井千代子さんがいない物件を売却するのかしら。

笠井恭助さんはあの物件に愛着があるのかしら。

求められてもいない推測を嬉々として語る朱美を吉田はまた嬉々として見ている。

4

「いつまでも、田村を依頼人代理にしておくつもりはないから安心しなさい」

明るい口調で田村に話す。

「既に調査費用が発生している。田村も自分の出張費用を自分で賄う気持ちはないだろう」

「当然、ありません」

断言して憚らない田村の様子に吉田は朗笑している。

朱美を見た。

パソコンの画面に集中していた朱美はその視線に気付く。

言葉を放り出す。

「所長の言いたいことって、さっぱり、全然、分からないわ」

「同じ意味の言葉を重複しているよ、朱美」

「分かっていて、わざと繰り返したわ」

さすがは私の娘だ、吉田は目を細めた。

「私が所長の娘だから、ここに座って、報告書を読んでいるの」朱美は小さくため息をついた。「だって、所長は本気で買う気持ちがないんだもの」

さすがは私の娘だ、吉田は頷く。

その態勢に、朱美は娘から仕事の貌にする。あえて、繰り返した。

「所長は本腰を入れて、物件の売買契約の席につく気持ちを持ち合わせていないわ」

「ないね」吉田の首肯に迷いはない。

「所長の目的は、笠井恭助さんとの会見なの。私を同席させてね」

私に何を話させたいのかしら、部下が上司に問う。

吉田は疑わない。「朱美は理解しているよ」

「買い被りだわ」部下から娘へと態度を翻す。

「お父さんはね」朱美は吉田家の生計を吐露する。「お母さんが生活の全部を賄っているの。だから、お父さんは本当なら掛かってきた生活費をそのまま貯金できたの。生活費で掛からなかった金額と退職金が、いくら貯まっていたかなんて、お母さんは興味なかったの。だって、お母さんはお父さんのお金を一円だって頼らなかったんだから。今でもそうなの。だから、お父さんの個人資産は立派な見せ金になるわ。それに、お父さんは小さくても、会社を経営しているの。この会社の経営状態が良好なら、昨日田村と行ってきたっていう不動産屋は交渉を前向きに考えると思うわ」

「朱美はきちんと理解もしていないで話しているね」

言葉だけは立派だ、吉田は娘に言う。

「その通りだわ。だから、お母さんはお父さんを好きにさせているの。私も結婚したら、お母さんみたいに頼らないつもりなの」

「朱美の心意気は立派だよ。しかし、だ。優がそれで納得するかな？　優は優で、しっかり貯め込んでいるからね。今のところ、お前は久江と優に護られている。護られている現状で、結婚しました。じゃあ、私もお母さんみたいに夫に頼らないで、久江から引き継いだ教室を切り盛りできるのかな？」

「私の結婚が決まったら、お母さんは私に教えると言っているわ。お母さんだって、結婚する前は何もできなかったの。でも、今はちゃんとやっているの。お父さんは好きなお仕事をして、勝手に辞めてきたの。私が大学に通っていた時にね。お母さんは忙しいから、お父さんがしたいことがあると思って、黙って見ていたの。お父さんが警察を辞めてまでやりたいことって、自分の会社を立ち上げることだったのかしら。私が大学を卒業したら、本格的にお母さんの跡継ぎ教育が始まるのを知っていたのに」

「お前が大学を卒業するまでには、話がまとまっていると私も久江も思っていたからね。ところが、話がまとまる気配もない。進む気配もない。お前が久江の手元にばかりいたら、優とデートできないじゃないか。私の手元にいたら、きっかけを作ってやれるんだ。それに、私の会社にいたら、朱美はまるっきり一人になることがない。私やこの事務所の誰かが、必ず傍にいるからね。その点では、優は安心していると思うよ。朱美一人抜けても、私には信用できる部下がいる。安心して、朱美をデートに出せるんだ」

感謝しなさい、父親は娘に恩を売る。

詭弁だわ、と娘。

「だから、私を役職に就けたのね。私だって、分かっているの。本来なら、田村と同じ立場なの。田村のように振り回されて、仕事を覚えていくの。でも、お父さんは私を田村の上司に就けたの。田村に私の代わりができるから。お飾りなの。だから、今回は田村にばかりお仕事をさせるの。田村の報告で、私に考えろ、というの」

「そうだよ。朱美に考えてほしい、と私は所長として、お前にその役を与えたんだ」

「公私混同だわ」

「そうだ。私は自覚しているから、立派な公私混同だね。結婚できる相手がいるから、安穏と母親の傍で教わっていればいい。しかし、それだけでいいのかな。朱美の年頃なら、結婚したいと思っているだろうからね」

この女性もそうだ、吉田は口調を変えた。

これは朱美と田村への質問だ、所長は部下二人に投げる。

「西村千代子さんは笠井恭助さんを好きで結婚したのかな」

朱美は即答だった。

「私には分からないわ」

まだ結婚を決めていない、と。

「主任が分からないんなら、俺が尚更分かりません」

結婚に繋がる婚約に至る女性との付き合いができていない、と田村はこぼす。

独身二人の返答に、しかし、吉田は悲観していない。

「君たちはこれからだよ」

5

吉田の業務で使用している携帯電話が着信した。

所長のデスクに座ったまま、発信者の話を聞いている。感謝の言葉を伝えて、電話を切った。

二人の部下に宣言する。

「笠井千代子さんの死因は自殺と断定されたよ」

自殺だったら、田村は復唱してしまった。

「さすがは元刑事の田村くんだ。君が繰り返してしまったのも、無理はない」

まだまだ捜査に素人の娘を、吉田が元警視庁捜査一課配属の刑事の貌で見る。その視線に気付いて、朱美は父親が何を求めているのかを考える。

考えた、けれど。

「分からないわ」

思考を放棄する。

放棄する部下を上司は叱責しない。

「朱美にはまだ難しかったね」

吉田は指導者の貌で相好を崩した。

元所轄刑事が助け舟を出す。

「自殺と断定したら、ほぼ捜査はしない」

そういうことです。田村は経験上から朱美に知識を与える。

「警察が捜査をしなかったら、」

「警察が捜査しないのなら、私たちのような民間調査会社の出番だね」

所長の口角が自然と上がっていく。

「今回は田村が聞き込んできた案件だ。依頼者がいない。だから、当面の依頼人は田村くんだね」

「俺のような安月給には、ここの調査費用は払えません」時間の経過は支払う費用が増幅すると、田村は支払う前から白旗を上げる。「主任には協力していただきたいですね。一日も早い調査終了で報告書を提出しましょう」

朱美を巻き込むんじゃない、吉田が田村を叱る。

「朱美は私たち夫婦の狭間で忙しいんだ。持ち込んできた田村が責任を持って、調べてきなさい」

「主任は高みの見物ですか?」

自分だけ忙しいのは不公平だと田村は吉田に抗議する。

「考え違いをしないでほしい」吉田は朱美を田村と公平に仕事をさせるという。「田村の報告を元に、朱美が答えを出しなさい。正式な依頼人は、私がしっかり確保するから安心しなさい」

「私が田村の報告を読んで、どんな答えを出したら、所長は満足するのかしら」

「私を満足させる必要はないよ」吉田は朱美が解答を導く過程を期待している、そんな表情を隠せていない。「それを判断するのは、田村ではない本当の依頼人だよ」

「所長の言いたいことが、ますます、分からないわ」

朱美は笠井千代子が生きた軌跡を知ろうと報告文に集中する。

「月曜日は、アパートの外観だけだったね。室内を確認したいのなら、私が手配しよう」

所長の心配りに朱美は興味を伝える。「私は一生借りることがない部屋だもの。是非とも見てみたいわ」

「朱美が張り切っているようだ」吉田は田村に命じる。「朱美の気持ちが冷めないうちだよ。田村は早く同期の友達と約束を取り付けて、詳細を聞き出しなさい」

ゼームス荘の千代子

大井町駅前の直線道路を曲がると下り坂になる。かつてはそこに外国人のゼームスが住んでいた。

だから、『ゼームス坂』と呼ばれている。

その正面には、ゼームス病院が建っていた。跡地に石碑が建っている。

かつての病院が有名なのではない。

入院していた患者の家族が有名にした。

千代子の母親が薦めてくれた愛を紡いだ詩集。

その女性に千代子は陶酔する。

同郷で生まれた日も同じだったから。

だからといって、その女性を追って東京に進学し夫の仕事で上京してはいない。夫の仕事だから、東京に来た。実家もある。彼女の夫も出身は東京だった。だから、彼女は東京に住んだ。故郷の空を恋しがった。千代子は彼女と同じ場所で、同じ空を見上げている。

窓越しに。


千代子の夫がアパートを購入しなければ、千代子は未だに夫の実家で引きこもっていた。夫が購入してくれたから、千代子は昼間の時間をできる限りそこで過ごしている。

千代子はこのアパートの正式な名称に興味はなかった。確か、南品川とか平凡な建物名だった。千代子の中ではこのアパートを、『ゼームス荘』と改名していた。この地域は、ゼームスを冠した集合住宅が立ち並んでいた。だから、千代子がゼームス坂の一画のアパートを改名したとしても、不自然ではない。だから、住民に建物名が変更になる。そう言って管理人として、憚らない。

千代子は昼間の時間だけ、一〇五号室で過ごす。女だから、結婚しているから一通りの家事を終わらせて、夫の実家がある文京区の本郷から電車を乗り継いで、ここに通う。しかし、夕方から夜にかけての家事がある。ここから電車を乗り継いで、夫の実家がある文京区の本郷まで帰る。千代子は夫に東京まで連れて来られてから働いていない。夫の銀行口座から、夫が許す限りの金額を引き出して、ここと夫の実家の往復代にしている。

千代子が再び東京に来て、一番の悦びだったたから。

アパートの管理人になった千代子。

しかし、建物の雑務に関わる気持ちは一切なかった。今まで通り、管理会社に丸投げした。夫名義の、だがその当人は物件を管理するには無関心だった。だから、余計に入り浸った。一〇五号室に籠った。帰りたくなかった。帰りたくはなかったが、主婦の千代子は夜の家事がある。朝から雨の日は、帰る時間を遅らせた。夫が迎えに来たこともある。

千代子の本心は、帰りたくなかった。

千代子が帰るのは、夫の実家だから。

夫婦の住まいなのだから、連れ戻される。

理想な東京生活を満喫する千代子

千代子は一階の5号室の部屋で過ごしたいと願うようになった。今まで生きてきて、一番、いきいきとしている。気持ちも体も、充実していると感じられるから。

千代子は近所で見つけた切り絵の教室に通い始めた。切り絵は彼女の作品が評価されていたから、興味も趣味でもなかったが完成していく工程に惹かれて、熱心に学んだ。

教室に通い、自分でも制作する。

作品は増えていく。

千代子に欲が生まれた。

作品を見て欲しい。

作品を見える所に飾って欲しい。

見える場所に飾って欲しいから、住人に渡したい。

千代子は管理人だから、少しだけ雑務を増やすと決めた。夫が妻のおねだりとはいえ、建物一棟を買ったのだ。まるっきりの無関心だった。ここに来るのは、帰って来ない妻を迎えに来る時だけ。だから、その妻の千代子が夫に代わってやるしかない。

千代子は家賃の支払い方法を変えた。

銀行振込から、直接の手渡しにした。管理人の一〇五號室に来てもらうようにした。

千代子は大家だから、アパート名を変えられる。平凡な建物名から『ゼームス荘』に変えると支払いに来た住民に伝えた。

このアパートの住人は誰ひとり、家賃を滞納しなかった。千代子は真面目な住民から直接、家賃を受け取ることに興味を持たなかった。ただ、千代子がいろいろな種類の紙を小さくちぎり、それを一つの絵にして完成させた作品を渡せればよかった。

ただ、それだけで千代子は満足した。

ゼームス荘壱拾五號室の千代子

千代子の遺骨を、最期に過ごした部屋に安置している。亡くなって四十九日が過ぎた。未だに、納骨する場所が決まらない。東京の私の先祖の墓に眠るのか、故郷の福島の美しい山々を望む場所に新しい墓を建てて眠るのか。

しかしながら、私は千代子がどんなに眺めても飽き足りない風景を知っている。

故郷の山々と空。

千恵子は東京に空が無いといふ、
千代子はこの一文が好きだった。
千代子自身だと言った。

ほんとの空が見たいといふ。

千代子が育った福島の空が、空だと言った。

千代子は大学進学で東京に出た。

女子大学の寮に入り、四年間、住んだ。

東京の刺激的な生活に染まったと言った。

東京で就職を決めて、大学を卒業しても、東京で生活を続けた。

就職して、独り暮らしをした。

長くは続かなかった。

半年で、仕事を辞めた。

故郷に帰った。

故郷に帰って、父親が斡旋した会社で働き始めた。

私が千代子を知る前の千代子を、千代子は夫の私にも語らなかった。夫に語らない娘を見かねて、千代子の、義理の両親が教えてくれた。

千代子が故郷に帰って三年経ったある日、私が会社の同僚として赴任した。私の業務補佐として、千代子は優秀なパート社員だった。だから、残業がない仕事帰りに日々の感謝を込めて、食事に誘った。

食事代は私が払った。

自宅まで送った。

自宅まで送って、千代子を降ろして、帰れなかった。

千代子の父親が乗り込んできた。娘をどう思っているのかと聞いてきた。私は千代子を部下としてしか見ていなかったので、その言葉のまま伝えた。そんなことはないと、千代子の父親は私の正直な気持ちがあるとしつこく聞いてきた。私は千代子を部下としか見ていなかったので、ただ送ってきたと繰り返し伝えた。

その日は私が千代子に気がないことを頑として伝えて、千代子の父親が不承不承納得して解放された。

千代子の父親のお節介は、私に影響を与えた。

千代子を意識するようになった。

千代子が行う仕草が気になるようになった。

私が知る千代子は快活な女性ではない。あまり笑わない、与えられた仕事にこつこつと向かう女性だった。だから、会社は千代子を評価した。正社員にと推挙して、千代子に伺いを立てた。しかし、千代子は頷かなかった。

正社員の安定した環境を、千代子は必要としなかった。パート社員でいることを好んで選択した。それは彼女の希望する雇用形態だから、上司の私が正社員になるよう押し付けはできない。だから、千代子はパート社員だった。

私は千代子と仕事をした。

私の業務補佐だから、私を助けてくれた。

私はその勤務態度に過分な評価を付けた。労いに何度か食事に誘った。その度に自宅まで送った。

送る度に、千代子の父親に娘をどう思っているのかと聞かれた。私の返答は決まっていた。よく仕事のできる部下だから労いで食事に誘っている、と。

その頃、私には特別な女性がいなかった。時間を取って、デートしてセックスする女もいなかった。転勤先と仮住まいと会社の往復をする日常で、私に彼女がいない隙間を埋めてくれる都合のいい女性の部下だったのかもしれない。

千代子に好意は持っていなかった。

自宅までは送る。しかし、手を握らない。セックスを求めようなんて、思いもしなかった。

食事だけの労いで、何度か誘った。自宅まで送った。それでも、千代子に好意を覚えることはなかった。


社内で出会い、結婚する社員がいた。結婚式には、私も千代子も招待された。部署が同じなのもあって、テーブルが一緒になった。普段の仕事着ではないドレス姿の千代子は華やかだった。たまたま勤めている会社で結婚式に呼ばれて、出席した。そんな他人事の澄ました顔を、結婚に焦りのない私もまた、他人事で見ていた。

結婚式の会場まで、私は車で来ていた。だから、振る舞われるアルコールを車の運転を理由に断り、ノンアルコールでその場をしのいだ。千代子は料理と勧められるアルコールを黙々と口に運んでいた。会場の雰囲気には適度に合わせている。社会人としては当然の対応は私も同じだった。

結婚披露宴の主役二人は、私とは別の部署だった。だから、二次会には呼ばれなかった。引き出物を受け取り、私は駐車場に向かった。千代子も呼ばれなかったらしい、片手いっぱいに引き出物を持っていた。そのまま、結婚式の会場とは反対側に歩き出していた。ここから、駅までは歩いていけない。近くにバス停があるのかもしれない。私は地元の人間ではないので、転勤先の地理には詳しくない。

私は千代子に声を掛けていた。

送ると、千代子の手に余る引き出物を私は引き受けて車に向かっていた。千代子は淡泊だった。ありがとうございます、と私の後を大人しくついて来た。

千代子を自宅まで送るのは、初めてではない。車に設置しているナビゲーションシステムに千代子の自宅の住所を打ち込まなくても、道を覚えている。

千代子が私の車の助手席に座った。あとは帰るだけ、という顔だった。私も千代子をまっすぐ送り届ける、純粋にその気持ちで駐車場を出た。

午後の披露宴だったので、帰りの時間は夕方になった。夕日から夜空に空の色を変えていく。山並みの上空に満天の星々が煌めき始めた。

私は行き先を変更した。

この土地に転勤してから、一人ドライヴで発見した絶景の高台を千代子に見せたいと思ったからだ。地元で高校まで育った千代子なのだ。わざわざ、私が連れて行かなくても、千代子は知っているだろう。私が知っていることに、驚かせたかったのかもしれない。結婚式の余韻で浮かれていたのかもしれない。

満天の星々が降りそそがんばかりの夜空が全方位で見渡せる。麓の山々に護られて、私は千代子に結婚の申し出をしていた。

私は千代子を好きでも、愛してもいなかった。千代子は、私の結婚の申し出に頷いた。

私があの場所で、どうして、千代子にプロポーズをしたのか、今でも自分の気持ちが分からない。満天の星たちにいだかれたせいだったのか。その夜、私は千代子を自宅まで送った。しかし、私はそのまま帰れなかった。千代子は私も一緒に車から降りてほしいと言った。千代子が私と結婚する報告を、千代子の両親にするのだろう。私は千代子の父親が玄関から出てくるのが見えて、婚約したばかりの千代子を引き寄せた。千代子の父親が出した足を戻した。玄関を開けて、家に戻った。

玄関で、私は千代子にプロポーズをしたと千代子の父親に報告した。千代子も私と結婚すると、私を紹介した。千代子の父親は反対の態度を取った。大事な娘はやらない、と言う千代子の父親に私は土下座をして、結婚の許しを願う。千代子も私の願いに懇願した。不思議な気分だった。

私は千代子を好きでも、愛してもいない。しかし、最愛の女性と結婚したい、土下座している。千代子も私を好きなのか、愛しているのか。その気持ちを聞いていないまま、私と結婚したいと言ってくれている。

千代子の父親は、娘の結婚相手に私を認めてくれた。玄関から上がりなさい、交際の報告もなく結婚の許しを得た私は初めて、千代子の実家に入った。娘の結婚が決まった。千代子の父親は、結婚後は同居するのだろうと話を進め始めた。私はまだ、千代子と結婚を決めただけで、結婚後の住居までは考えていなかった。私は転勤族だ。いつ、異動の辞令が降りるかも分からない。だから、居住する期間が定まらないのに、中途半端に賃貸住宅を借りられない。私は曖昧に、そうなるでしょう、と返答していた。

私と千代子、私たちは結婚した。

結婚式は千代子の地元で挙げた。

私の両親を私の転勤先に呼んで、千代子を紹介した。四十歳の私よりも十五歳年下の息子の嫁を可愛いと家族に迎えてくれた。私は一人息子だったから、嫁とはいえ、娘ができたと喜んだ。私の母は、女の子がいたらしてやりたかったことをしたい、と張り切っていた。千代子ちゃん、と何度も息子の嫁の名前を呼んだ。しかし、千代子の態度は素気なかった。結婚した男の義理の両親に愛想笑いをしていた。私と結婚したことをどう考えているのか、私はその時に訊けなかった。その答えを聞くよりも、私はようやく、結婚できたのだ。大学や会社の同期に後れを取ったが、ようやく、足並みを揃えられた。東京に残している両親を安心させることができたのだ。

社内恋愛の感覚が、私にあったのかは自覚がない。結婚しても、千代子は私の部下としてパート社員の勤務を続けた。

パート社員の千代子が先に退社する。夫の私のご飯を作るために帰る。

私の結婚に関係なく、残業がほぼ毎日発生した。たまの残業が発生しない日は、千代子と食事をして帰った。少しでも千代子の負担を減らしたかったからだ。

千代子を抱いたのは、結婚してからだった。

私は以前、付き合っていた女性がいた。セックスもした。だから、千代子が初めての女ではない。千代子も初めてではなかったらしい。大学、半年だが社会人として東京にいたのだ。男と遊んだであろう。私は訊かなかった。

私たちは淡泊に夫婦生活を営んだ。

千代子が結婚してすぐに妊娠出産することがあり得たが、結果的には千代子は妊娠しなかったのだ。その時、子どもが成人した私たち、いや、私の年を考えていた。六十歳になっている。会社を定年退職している。高校大学と一番学費がかかる時に、父親の私は退職金をいただく年齢になっている。果たして、私だけの退職金で足りるのか、家族の生活がある。自然と私は子作りに消極的になっていた。千代子は子どもが欲しいと言わなかった。毎月、生理が来ると安心しているように見えた。妊娠できないことを私にこぼした記憶がない。

千代子の両親は孫の誕生を期待してくれた。しかし、千代子が妊娠したという明るい知らせを伝えられないまま、私に再び、転勤の辞令が降りた。


転勤族の定めで、家族は転勤先について行く。私も千代子が付いて来てくれると信じていた。しかし、千代子は私に単身赴任してほしいと言った。実家から離れる気持ちがない。故郷から出ない。私が千代子と出会った地方支社で異動の引継ぎの最中でも、引っ越す準備をしなかった。会社も社内結婚した夫に付いて行くように言わなかった。私たちの問題だから、と私が説得するよう言うばかりだった。

私は単身赴任することになった。

千代子は実家に留まり、故郷に帰ってきてから勤務を続けている会社で働き続けた。支社が違うとはいえ、転勤族である私には同僚がいる。社内メールとは別にメッセージが届く。千代子を心配し、私に同情する内容を含めて。夫の転勤先について行かなかった千代子が悪く言われていると。本音を言うと、私は千代子に付いて来てほしかった。しかし、千代子が頑として、実家を出なかったのだ。それを私は認めて、単身赴任している。私たち夫婦の問題なのだ。同僚とはいえ、疎ましいお節介への感謝を返信していた。

地方支社への転勤なら、単身赴任する社員の私が単身赴任を受け入れていれば、問題はなかった。地方支社なら、だ。

私は本社に異動の辞令が降りた。


私の実家は東京にある。

生まれも育ちも東京で、大学は都内の私立大学だった。新卒で就職した。今も勤めている会社は本社採用だった。入社して、最初の配属先は本社の部署だった。だから、私の本来の配属先は本社にある。私は千代子を連れて、東京の実家に戻れる。本社復帰の報せを真っ先にしたのは妻の千代子だった。同居している家族に伝える。娘の夫である私の異動辞令に、千代子の両親も喜んでくれた。


本社復帰は私の悲願だった。

千代子は私に単身赴任をしてほしいという。

実家に留まりたいと譲らない。

私には東京に家がある。

実家がある。

だから、妻を連れて行きたい。

息子の帰京を待ち侘びた両親は、私の異動の報告を聞いて、自宅を二世帯で暮らせるようにリフォームしてくれた。転勤したきり、戻って来ない息子のためにこつこつと積み立てた預金を支払いに充てたと電話で聞いた。

地方支社での引継ぎ期間に、私の実家ではリフォームが完成していた。息子夫婦を受け入れる体制が整っている。

私は妻を東京に連れて行く。

千代子の実家に迎えに行った。

大体の到着時間は千代子の両親に伝えていた。すぐにでも東京に向かいたいところだが、結婚しているとはいえ娘を連れ出すのだ。挨拶をして千代子と東京に向かう。

私は素直に千代子が私に付いて来てくれると思い込んでいた。しかし、私が千代子の実家に到着するなり、千代子の両親は私に謝り出した。千代子が東京に行く準備すらしていないという。千代子は、普段着で菓子を摘まんでいた。私に関わる家事などなく、千代子はパート先の会社を辞めていた。だから、仕事をしていない。家の家事は、千代子の母親がやってしまえば、千代子は何もすることがない。しかし、千代子は家事の合い間でテレビを観ているという。私は高速道路の渋滞を予測しても、夜には私の実家に着ける時間に迎えに来ていた。これから女性の身支度をされては、夜までには東京に着けそうになかった。見かねたのは、千代子の両親だった。娘の尻を叩いた。そのままの服装でいいから、私と東京に行きなさい、と。荷物は後で送るから、千代子の両親は千代子を半ば強制的に私の車に乗せた。

千代子の両親のやり方は強引だったが、千代子を乗せて福島を出発した私は何とか夜までに東京に着いた。本郷の自宅では、私の両親が迎えた。千代子の母親から千代子が好物だと聞いた食材が、私たち夫婦と両親を囲んだその日の夕飯に並んだ。

千代子は明らかに、顔色が冴えなかった。箸の進みが遅かった。ほとんど、食べなかった。疲れたから、と二階に上がってしまった。私は後を追った。千代子はこの家が初めてだった。夕飯の前に二階の様子を見せていたので、寝室にいた。私が妻の名を呼ぶ。しかし、返答がなかった。心配して、両親が上がってきた。千代子の両親から福島を出た様子を聞いたという。やり方が強引過ぎたのかもしれない。今夜は一人にさせておこうと一階に戻っていった。

その夜、私は二階の居間に来客用の布団を敷いた。今日から私の実家で千代子と同じ部屋で寝るはずだった。その初日に、千代子に占領されてしまった。両親は覗いてはいけないと、私に釘を刺した。そして、子どもの結婚で親戚となった親たちは千代子を実家から追い出すために、協力したと話してくれた。強硬手段で連れ出さなければ、千代子はいつまでも実家に留まり続ける。結婚したのだ。夫の転勤に付いて行くのが当然だと、千代子の両親は思っていた。しかし、その本人は実家から出ようとしない。夫が地方の転勤なら、問題はなかったのだが東京の本社に異動になった。さすがに、千代子の両親は娘を東京にやることを決めた。娘が頑として動かなかったとしても、東京に連れ出す。心を鬼にした、千代子の両親の苦渋の決断だった。その結果が、寝室を占領されている。

私は眠れる気配がなかった。

寝室を見る。

千代子は泣いているのだろうか。

静かだった。

泣き疲れて、寝てしまったのだろうか。

本社に異動になったのは、私の事情だ。しかし、結婚して妻となった千代子は夫の出世の妨げになってはいけない。本社で結婚している男性社員は皆、妻を東京に呼び寄せているのだから。


私は仕事で早朝に家を出る。千代子は私よりも早く起きて、朝食を作ってくれる。私を送り出して、私が仕事から帰るまで家事をしていると千代子は話す。

千代子は働いていない。だから、一日丸ごと、家事に専念できる。東京に来てから、千代子は家事が一段落してから外出したと両親から聞いていない。一日中家にいて、二階のベランダで洗濯物を干しながら空を見上げていると年金暮らしの両親は千代子がいないところで話してくれる。東京の空がそんなに珍しいのか、地方出身の私の両親は不思議と言う。どこにいても、空は同じだと。私は東京で育った。地方にもたくさんの土地に行った。どの空も、同じ空だった。千代子には東京の空はどう映っているのだろうか。日曜日の午前中に私は、洗濯物を干す千代子の横で空を見上げた。忙しく濡れた衣類を手早く干して、不思議そうに私を見ていた。私が何故、空を見上げているのか、訊いてこなかった。

両親は私と千代子の子どもができることを楽しみにしていた。私たちの夫婦の営みを、私は千代子の気分に任せていた。私はもうすぐ定年になる。だから、私が父親になる年齢を考えると、子作りは慎重になる。千代子が三十代とはいえ、妊娠し無事に子どもを産んだら高齢出産になる。千代子は二十代で結婚したが、母親になろうとする素振りを私に見せなかった。私たちに子どもができないのだから、病院で原因を突き止めて、不妊治療をしようとも夫の私に言わなかった。

だから、私たちに子どもがいない。

私の結婚が遅かったことに原因もある。

だから余計に、両親は千代子の妊娠を望んだ。

千代子の妊娠のために、両親は私が休みの日には、夫婦で出掛けさせた。結婚して十五年の夫婦が今更改めてデートをする。見方を変えれば、新鮮だった。自宅ではなく、非日常の密室でセックスをする。若い、あるいは付き合いたてのカップルなら興奮するだろう。私も非日常の密室でのセックスで千代子が妊娠するのならと、ホテルに入ることさえ渋るのを承知しながら入り、抱いた。しかし、それは続かなかった。両親が私たちを想って追い出す。その好意さえも、千代子には苦痛だったようだ。

私はホテルの前に車を停める。

入ろう、といつの間にか、誘わなくなっていた。

千代子があまりにも、虚ろだったから。

私は助手席に座る女の表情に、体も心も萎えた。これから非日常の密室でセックスをしようとするカップルと非日常の密室でセックスを終えたカップルが建物の前に車を停める私たちを珍しそうに見ている。千代子は彼らを見ていない。東京に来てから、千代子はずっと、虚ろで過ごしている。両親が私とのデートをセッティングしてくれても、変わらない。

千代子が今日も乗り気ではない。

私はエンジンをかける。

ディナーは外食になる。私が休みの日の昼食は食卓を両親と一緒にしてくれる。夫婦単位で各々作るのは不経済だから、と。私たちを出掛けさせたのだから、外で済ましておいで。母は千代子が献立を考えないように、気を遣ってくれる。だから、私は千代子に美味しいディナーを食べさせたい。車を走らせながら、今日のディナーの店を探す。

走りすがりにこじんまりしたレストランと思しき店を見つけて、車を駐車できるパーキングを探す。

コインパーキングを見つけて、停める。スマートフォンで駅周辺の飲食店を調べる。走りすがりだが店の名前を憶えていた。予約の状況を確認する。二人分の席を確保した。あとは千代子と行くだけだ。


千代子は私の行動を興味のない目で見ている。私が車を降りると、千代子も降りる。並んで歩き出す。ただ、並んで歩き出す。手をつなぐほど、共に過ごす時間が浅くない。仲良し夫婦ではないが、婚姻を結んだ月日だけは十五年ある。

今日のディナーの店まで、一緒に歩く。

千代子の歩調に合わせて、歩く。

千代子の足が止まって、私から離れた。歩道沿いに向けられたディスプレイを見ている。

千代子の目が輝いていた。私は妻の嬉しそうな顔を久しぶりに見た。私は妻がどんな物を見て、喜んだのかを知りたくて、妻が見ている先を見た。

不動産の売り物件だった。

住所は品川区南品川。

アパート一棟だった。

千代子は大学進学で上京して、新卒で就職している。寮を出て、アパートで半年暮らしていた。それが懐かしくて見ているかと私は思った。

千代子は私を置いて、夫という同行者がいない軽い足取りで店に入っていった。

仕事をしていない、貯蓄もない専業主婦が不動産会社に入る。私には妻の考えが分からなかった。不動産投資に千代子が興味を持っているとは思えなかった。

私は急いで、千代子を追った。

店に入ると、今まで私の見たことない千代子がいた。

千代子は、南品川のアパートが見たいと言っていた。


千代子がアパートを見たいと言った。

その矛先は、夫の私に向いた。

物件の担当者は私に営業をかけてきた。

奥様が気に入ったようですので、と。私には住宅ローンがなかった。だから、ある程度の蓄えはある。蓄えはあるが、敢えてわざわざ不動産投資する気持ちもないのに、好んでローンを組む必要はない。

営業をかけられてる私の横で、千代子は現地が見たいと担当者に懇願している。

日を改めて、私の休みに合わせて千代子と千代子が気に入ったアパートを見に行った。

千代子がますます気に入った様子で、私におねだりした。ここに住みたいと。妻には私の実家に住居がある。別居したいのかと思ったが、違った。ここで短い時間でも過ごしたいと。

初めての、妻からのおねだりだった。私は購入する気持ちがなかった。しかし、考えた。

定年退職が見えているサラリーマンが定年した後の老後の生活を考えた。若い妻のために定年になった夫が何を残せるのだろうか、と。

不動産会社の担当者から投資を勧められた。

私の心は動いた。

投資目的でアパート一棟を購入する。

担当者に前向きな返答をしていた。


千代子が住所に惹かれたアパート一棟を、私は不動産投資の目的で購入した。

マスターキーをもらう。

千代子は一番に、一階の五号室に鍵を刺した。管理人室と決めていたという。私はアパート経営には興味がなかった。管理はそれまでと同じ不動産屋に委託した。

千代子はアパートの部屋割りを、一階の部屋を壱拾壱から壱拾五號室にし二階を壱拾六から弐拾號室とした。

壱拾五號室の住居人となった千代子は、文京区の本郷から品川区の南品川に通うようになった。家事を手早く済ませて、東京に来てから見せたことのない表情で出掛けていく。私の両親は千代子の変化を私に訊いた。私は不動産を購入した事実を両親に伝えていなかった。千代子がそこに通い詰めているとは言えなかった。だから、友達ができておしゃべりに夢中だと答えた。

千代子は私が知らない間に、カルチャー教室に通っていた。私がそれを知ったのは、私が千代子に持たせているクレジットカードの請求書だった。東京で友達を増やすのは、私も賛成だった。同じ趣味の友達ができたのだと私は嬉しかった。

千代子がカルチャー教室に通い始めてしばらく経った頃、アパートを管理している不動産会社から私に電話が入った。家賃の支払い方法を変えてほしいと申し出があったという。手渡しで家賃をもらう。私は不安になった。あのアパートは十室すべて埋まっていた。千代子以外は全員、独身の男性の住居人だった。毎月一回とはいえ女性の部屋に男性が入る。私が買った物件だ。私の持ち物だから、家賃の支払い方法を変えないように説得した。千代子は聞き入れてくれなかった。私の自信作を渡したいから、手渡しにしたいのだと答えた。千代子の自信作とは切抜絵だという。鋏で切った模様風の美しい紙細工をキャンパスの色紙に貼り散りばめていく工程が楽しいのだと千代子は嬉々と私に話す。私は千代子の作業工程を聞いて、貼り絵だと思った。思ったその言葉のまま、私は口にした。千代子は切抜絵だと言い張る。彼女が切抜絵をしていたから、千代子も習ってみた。案外、性に合っていたみたいで千代子の自信作をアパートの住人に渡したいと思った。玄関扉の外側、共用部分である廊下を歩く道すがら、見てもらいたい。千代子の承認感情は私の反対に聞く耳を塞いだ。

警察から私のスマートフォンに電話が入った。妻の千代子が怪我をしたので、夫の私に来てほしい、と。家賃を収める時期だった。だから、独人男性の誰かに暴力を受けたと思った。仕事中だったが、家族の異変を伝えると抜けさせてくれた。指定された警察署に向かった。案内されたのは、遺体安置室だった。

一人の女性が、横たわっていた。

蒼白に、かたく目を閉じて。

死んでいたのは千代子だった。

第五章　田村の持ち込んだ話の顛末

1

田村が出勤して、今日朝一番にした仕事は、事務所の解錠だった。電気をつけて、真っ先に所員の名前が並ぶホワイトボードを見た。

所長が『直行』とある。珍しくない。

今日、行動を共にする上司の予定を見る。

朱美が珍しく『直行』とある。所長と同行、と真横に付け加えられて書かれている。

十二月になっていた。

町を歩けば、クリスマス一色だった。吉田調査事務所が入るビルが建つ駅前のメインストリートも年末商戦とリースの飾りで華やかだった。

しかし、ここにそれらとは無縁の男が一人いる。彼女のいないクリスマスへと突入する様相の田村は、室内のデスクに目をやる。

直属の上司はクリスマスを家族と過ごすのか。あるいは、年末の警備で駆り出されて忙しいと言いながらも愛されてやまない男からの突発的なデートに誘われて、両親公認のもと、聖なる夜を二人で過ごすかもしれない。

田村は朱美を羨ましいとは思っていない。思ってはいないが、自分で探す手間もなく、家族公認で付き合えるのだから、やっぱり、羨ましいと思う、ことがある。

まあ、今年も一人でクリスマスを過ごすと思うけれど、おそらくは仕事で時間が過ぎてくれると有難い。恋人と過ごすのは、今年だけではない。田村は労働する気持ちへと早々に切り替える。

今年も一人。

今年は一人。

ふと、田村は思い出した。

今年の十月に妻を亡くした男を。

男の名は、笠井恭助という。

所長の吉田が連絡を待っている人物だった。

連絡はあったのだろうか。

田村が持ち込んだ話に吉田が興味を持った。ここは調査事務所だから、調査員が動くには依頼人が必要となる。田村が話を持ち込んだから、当面の依頼人になった。田村が依頼人となった案件にもかかわらず、途中経過報告を受けていないことに気付く。

本来なら、今日も朱美と調査に出る予定だった。しかし、朝から所長の同行という。年下の上司が入るまでは、一人で行動したこともある。だから、田村は今日一日、一人の行動になりそうだ。

2

本日の報告書をまとめるために、田村は事務所に戻る。

所長の吉田が戻っていた。いつもの光景だった。新聞を読んでいる。

朝から吉田に同行していた朱美は自分のデスクにいた。ノートパソコンを開いて、キーボードを叩いている。


「ただいま、戻りました」

田村は吉田のデスクの前に移動する。帰所の報告を事務所の代表にする。

読んでいた新聞が粗く畳まれた。

「お帰り、田村」

笑顔で部下の報告を吉田は受ける。

上機嫌と思われた。いつもは、むしろ、仏頂面で迎えられる。その表情の温度差に、田村は訊いてしまう。

「何か、嬉しいことでもあったんですか？」

「さすがは、元刑事の田村くんだ」表情をそのままに、朱美を見る。「君が依頼主になっていた件に、正式な依頼人がついたよ。今までの調査料も請求済みだ」

田村も朱美に視線を転じた。

頷いている。

朱美は田村に報告する。

「朝から所長と行ってきたの」

「だから、主任は今日、直行だったんですね」田村は朱美が朝から吉田と同行した理由に納得する。しかし、考える。どうして、自分ではなかったのか。疑問が言葉になった。

「どうして、俺じゃないんですか？　俺も行きたかったです」

「田村の抗議は当然だ」吉田も認める。しかし、と口調を改めた。「今日の出番は朱美だ。田村じゃない。それは以前から、言っていたね」

「それで、主任を連れて行ったんですか？」

「そうだよ」

捜査の経験者が拗ねる姿を目の前にして、吉田は然るべき配置だと肯定する。これまでの功績を称える。

「田村のおかげだよ」

ありがとう、田村。朱美は情報を収集した部下に笑顔で礼を伝える。田村が帰ってきたの、と率先してお茶を淹れると給湯室に立つ。

「俺は、主任に礼を言われることをしていませんから」

朱美のデスクから、所長のデスクの前を通り過ぎると田村の横を通る。通りすがりに、声を投げた。

吉田が笑っている。

「朱美のしたいようにさせなさい」

給湯室から声が飛んでくる。

「そうなの。私が淹れてあげたいの。だから、田村は大人しく自分の席で待っていてね♡」

弾む声。

「だから、田村は着席して待っていなさい。朱美が美味しいお茶を淹れてくれるのを、ね」

吉田は田村に、自分のデスクに戻るよう命じる。


朱美がお茶を淹れて、給湯室から出てきた。座って、と通りすがりに年上の部下へ言う。

「田村が元の依頼人なの。今日、きちんとした依頼人についたわ。きちんとした依頼人がついたからといって、元の依頼人である田村に報告義務があるの。聞く権利があるわ」

だから、朱美はデスクに戻るように命じる。

田村は雇用主に聞いてしまう。

「所長は主任に、どんな仕事をさせたんですか？」

「君は使いっ走りだ」吉田は平の調査員に言い放つ。「君の上司である朱美には、君が報告した内容を総括する役目がある。だから、今日は朱美を連れて行った」

戻りなさい、吉田の口調は強制的だった。

田村が自分のデスクに戻る。

朱美も自分のデスクに戻って、座る。

座るなり、朱美は所長のデスクを見た。視線に気付く吉田。

「始めなさい、朱美」吉田は元依頼人の田村に報告するように命じた。朱美は話す契機を要求する。「所長が連絡をもらったの。なぜ、今日になったのか。それを所長の口から報告してほしいわ。その後は、私が報告を始めるから」

「少しは朱美に管理職の自覚が芽生えてきたかな」

捜査の素人ながら、役職に就けた朱美の成長が吉田は嬉しいという。父親の独断で自分の調査会社に入れた待望の子どもの願いを聞き届ける。

「そうだよ。笠井恭助さんから連絡をもらったのは、私だ。妻の四十九日を終えて、あのアパートを持ち続ける意味を考えたらしい。購入したい人物がいるのを思い出して、連絡先の電話番号に掛けた。私は笠井恭助さんからの連絡を待っていたからね。私は笠井恭助さんの希望する日付を聞いた。朱美の出勤する曜日で助かったよ。笠井恭助さんは私にあのアパートを買ってほしいと言ってきた。しかし、私は買う気持ちがない。私は名刺を渡した。笠井恭助さんが依頼人になると想定した上で調査をしていた。その調査は完了していると伝えたよ」

結論を語る。

「笠井恭助さんは遅ればせながら、依頼人となった」

吉田の報告は済んだ、朱美に譲る。

譲られた同行者はバトンを引き受ける。

「笠井千代子さんは自殺だったの。笠井恭助さんも奥様の死因を自殺だったと警察から聞いていたわ。私は笠井千代子さんが自ら命を絶った経緯を話したの」

3

警察署の遺体安置室で、葛西恭介は遺体を妻の千代子だと認めた。担当の刑事は、殺人と自殺の両面で捜査すると言った。どちらにしても、妻を連れて帰らなければならない。恭助は老いた両親に、嫁の死を伝えた。悲しみの中、荼毘に伏した。遺骨は最期を迎えた、東京で一番愛した場所に安置した。

警察は、笠井千代子は自殺だと判断した。

朱美が今年の十月、家賃支払いに管理人室に訪れた住人たちが最後に笠井千代子を見た証言を口にする。

「彼らは笠井千代子さんが生きている姿を見ているの。最後に家賃を払いに来た彼は亡くなっている笠井千代子さんを発見して、警察に通報したの。警察はその彼が笠井千代子さんを殺したんじゃないかって、疑ったみたい。でも、彼は殺していないと潔白を主張したの。新しく大家になった女性とは、家賃を支払う時しか顔を合わせていないって。あのアパートに住んでいる人たちは、全員、笠井千代子さんを殺していないと言うの。誰かが、嘘をついているのかしら。嘘をついているのだとしたら、田村はアパートに住んでいる人たちを問い質したわ。皆、口を合わせて、言ったの。殺したいと思う程、親しくもないって。親しくもないのだから、笠井千代子さんが使っていた一階の五号室に近づかないの。近づかないから、訪ねることもないの」

朱美は自分が調べてきたとばかりに話している。田村は呆れて年下の上司を見る。俺が調べてたんですが、と目で語る。その上司は、素直に認める。年上の元刑事が調べてきたから話せる、謝意を示した。

「だから、アパートに住んでいる彼らは笠井千代子さんを殺していないの。だって、笠井千代子さんは自分で命を絶ったのだもの。いいえ、笠井千代子さんの意志ではなかったかもしれない。衝動的だったのかもしれない。手を滑らせて、紙を切っていた鋏の刃が宙を舞って、首筋に触れたの」

吉田が元刑事ならではの、判明している凶器を明らかにする。「鋭利な紙を切る鋏の刃と形状が一致したからね」

「そうなの。笠井千代子さんの命を奪った凶器は鋏なの」自分では知り得ない情報だが、元刑事が知己から知り得た情報を朱美は自分の言葉にして話す。呆れ顔の田村。吉田は娘可愛さを隠さない。言わせておきなさいとばかりの表情。元刑事二人の無言なやりとりを見ながら、本日、仕事を仰せつかった調査員は続ける。「触れただけなら、切れないわ。

でも、勢いがついていたの。切った場所が悪かったのね。だから、警察は殺人ではないかと疑ったの。太い血管が走る場所だったから。でも、誰も笠井千代子さんの首筋に刃物を押し当てていないの。過失だったから。だから、笠井千代子さんは驚いたと思うわ。焦って血を止めようとしたのね、きっと。でも、止まらなかった。血液がどれだけ出たら、人が死ぬのかなんて、私には分からないの」

なら、調べなさい。元警視庁本部付きの刑事が甘くはないと諭す。私はお医者様じゃないもの、朱美は専門家じゃないと放棄する。

「笠井千代子さんが故意に刃先を首筋に押し付けたのか、あるいは、偶然に刃先が首筋に押し当てられたのか。私は見ていないから分からないわ」

職務放棄です、田村は呆れて上司に言葉を投げる。朱美は聞き流す。

「故意か偶然か。それが原因で笠井千代子さんは亡くなったわ。アトリエにしていた部屋を真っ赤に染めてね」

「大家が死んでるのを発見した住人は俺に言いました。笠井千代子さんが大家になって、家賃の支払いを変更してから、支払いの時に渡された色紙の中で、」

田村は第一発見者の科白を朱美に譲る。

朱美が自分の言葉で口にした。

「今までもらった作品の中で、一番の傑作だった」

4

恭助は、妻の千代子が自殺した理由に見当が見つからなかった。東京に来てから、福島にいた頃のような快活な様子はなかったが、自ら命を絶つ様子も見受けられなかった。趣味を見つけて、カルチャー教室の友達ができて、作品を渡す喜びを得ていたはずだった。

なのに、何故？

恭助は千代子を亡くしてから、妻のおねだりで購入したアパートで週末を過ごすことが多くなった。

一番奥の、千代子がアトリエとして使用していた和室を片付けられていない。生活する目的ではなかった。だから、置かれている家具はテーブルだけだった。その上に置かれているのは、元は洋菓子の缶と道具たち。命を絶った瞬間から、時が止まっている。

恭助はアトリエで、缶の蓋を開ける。

切り抜かれた色の紙。

色紙と切り抜かれていない色の紙がテーブルに並んでいる。

千代子がここにいたら、恭助の前で切抜絵の制作過程を披露していただろうか。

恭助は千代子を探す。

いや、ここにはいないだろう。

千代子は故郷に帰ったのだから。

福島の山々にいだかれて、晴天の空を見上げる千代子。実家のベランダから見上げているだろう。

恭助はある詩を口に出して、暗唱していた。

　千恵子は東京に空が無いといふ、

千代子はこの一文が好きだった。

千代子自身だと言った。

　ほんとの空が見たいといふ。

千代子が育った福島の空が、空だと言った。

千代子が育った福島の空を、恭助は一緒に見上げたくなった。

無性に見上げたくなった。

東京の空よりもどれほどに素晴らしい青空を。

涙がこぼれた。

5

「葛西恭介さんは千代子さんを愛していたと告白したわ。でも、あの瞬間まで自覚できなかったの。二人は夫婦だったけれど、利害でつながっていた夫と妻だったから。結婚をしている、それで世間体は保てるの。だから、離れていてもお互いに干渉しなかったの」

朱美の頭でっかちな結論に、吉田は口を挟まない。耳をほじっている。

「俺には笠井千代子さんが自殺した理由が分かってないんですが、」

田村が持っている、ある程度の見当を話す。

「無理矢理東京に連れて来られたストレスが限界に達して、突発的に自殺という行為に走らせたんでしょうか」

朱美が口角いっぱいに上げて笑った。

「私の見解は田村と違うわ。生まれて育ったのが、東京と地方の違いかしら」

「それをいうなら、所長も俺と同じ境遇です。所長は進学で、俺は就職で上京してきたんですから」

そうね、朱美は相槌を打った。

「所長、ううん、お父さんと田村は目的が違っても、帰らないでまだ東京で暮らして仕事をしているの。でも、笠井千代子さんは故郷に戻ったの」

「Uターンした、典型的なケースですね」

田村も地方出身の友人たちを、たくさん、見てきている。

「Uターンって言うのね、初めて聞いたわ」朱美は教えてくれた部下にありがとうと言う。

田村はお嬢さん育ちの上司に呆れる。「少しは世間一般を知りましょう」

「田村がたくさんのことを教えてくれるみたい」

笠井千代子さんはね、朱美は鬼籍の女性に思いを馳せた。

「きっと、彼女の心は進学で東京に来た時から壊れていたの。憧れの東京の大学に合格して、上京したわ。けれど、就職して半年で故郷に帰ったの。東京の空が、福島の空とどんな違いがあるのかしら。東京育ちの私には分からないの。私と同じ東京育ちの笠井恭助さんだって、同じだと思うわ。そして、未だ東京で暮らすお父さんや田村にも、笠井千代子さんの心境は理解できないわ」

朱美は締め切られた事務所の硝子窓越しに、冬の空を見上げた。

「笠井千代子さんは高村千恵子さんに傾倒していたわ。でも、笠井千代子さんは高村千恵子さんじゃない。笠井千代子さん、個人なの。だから、誰でもない笠井千代子さんの心の闇を、夫の笠井恭助さんが気付いて無理にでも精神科の先生に相談していたら、亡くなっていなかったかもしれない」

「かもしれない、この仕事ではありえない発言だね」ただね、吉田は田村が朱美と知り合う前、娘が思春期の悩みから、専門医にかかっていたことを吐露する。田村が知らなくてもいいことだわ、その娘は抗議した。田村に伝えていなかったから、田村はお前を連れて行ったことに納得していない。だから父親は娘の過去の断片を話したという。しかし、それは私情だから経営者として線引きをする。「私たちが依頼人に報告するのは、想像ではなく真実だからね」

「私たちが考える必要はない、吉田は田村が持ち込んだ話に区切りを付けると宣言する。デスクの前に湯呑茶碗を移動させた。田村ではなく、朱美におかわりをリクエストする。

「朱美が淹れてくれるお茶はお母さん直伝だからね」

美味しいのは当然だわ、リクエストを指名された朱美は回転椅子から立ち上がる。

一度、給湯室に立ち寄って、お盆を持って戻る。所長のデスクで飲み干された茶碗を受け取って載せる。

「優さんのお父様とお母さんの口約束だったとしても、女の子で私が生まれたの。だから、私がいつかは考えることだったの。それが、あの時だっただけ。女の子はきっと、自分を大切にしてくれる男性が現れたら同じ気持ちになるはずだわ。私が早過ぎたのかしら」

「お前には早過ぎたが、優の年齢にしては不自然ではないよ」吉田が父親の貌で娘に話す。

「田村が調べてきた西村、いや、笠井千代子という人物は、朱美には到底理解できない。私は朱美が理解できないとしても、同じ女性として理解できるところがあると思って、今日、同行させたんだ。彼女を理解できないから、第三者の立場で話せたんだ。彼女の心情を朱美が理解できたら、今度は朱美が心を病むよ」

「私は今でも、彼女の気持ちを理解できないわ」

「できていたら、明日からの病院通いが増えたね」

「私もお父さんとお母さんのいるあの家を出る気持ちはないわ。きっと、私も笠井千代子さんと同じなの。でも、笠井千代子さんと私は違うわ。だって、私は彼の決めたことに付いて行く迷いがないから」

それに彼のご実家も、私のお家だもの。朱美は将来の住居を夢想する。

6

朱美のスマートフォンが着信した。

掛けてきた登録名を確認して、調査員の貌から一人の女性になる。

急いでタップして、話しだす。

「優さん、帰ってきたの？」

朱美が久しぶりの声に、スマートフォンの受話口に耳を傾けている。

「今日は帰れるのね？」

返ってくる言葉。

「うん！　お部屋でね♡」

朱美が待ち侘びた人物との逢瀬に、笑顔が止まらない。

ようやくか、と安堵する吉田の表情。

田村は朱美に電話を掛けてきた人物に目星が付いていたが、視線で吉田に訊く。

吉田が田村の視線に気付く。

凝視された意味を理解した上で朱美を見る。

朱美の話は続いていた。

吉田は職務中だが、私用の電話を咎めない。元警察官がたまたま再会した同期から聞き込んで、半休中に世間話として朱美に聞かせた案件の片が付いていたから。

吉田が、森崎が長期にわたって不在にしていたことを田村に伝える。

「思った以上に長い出張になったね。田村が朱美に話した、その頃からだったかな」

田村が朱美に話したのは、一つ前の季節になっていた。それ程の長期の出張になったのだから、今回の情報源が森崎であり得る筈がない。

田村は思い出した。

朱美は、最初から言っていたではないか。いや、言いかけて、止めた。吉田に協力できる状況ではなかった、と。吉田は本当に、かつて警察官時代の多岐にわたる知己を活用した情報収集をしていたのだ。田村に築けなかった信頼関係を、まざまざと見せつけられた瞬間だった。

「森崎警部、じゃなかったんですね」

改めて、田村は今回の情報源が森崎ではないことを思い知る。

あとがき

こんにちは、木田麻美です。

ここで改めて言うことではありませんが、私は小説を読むことが好きでした。そして、読むことだけに満足できなくなったのか、自分で小説を書き始めていました。普段は長編の本が多いように思われます。それでも、たまには気紛れを起こします。気分で、詩集というジャンルに手を伸ばしました。

そこは、図書館でした。

目的もなく、背表紙を目で追っていた私の足が止まったその本。書籍名だけは知っていました。その中の一編の詩を、いえ、その一節を私も知っていました。

ちゃんと読んでみようかな、と私はその本を手に取って、読み始めました。

一読目の感想は、こんな内容の詩集だったんだ、と特別な思い入れはありませんでした。

後日、私はその詩集を目当てに同じ図書館へと向かっていました。果たして、その本は私を待っていてくれました。

年代物のオリジナルのハードカバーに、フォントが異なる活版の文字。二読目は解説まで熟読していました。再読後には、この本をモチーフにしたお話を書きたい。そんな欲求でいっぱいでした。

二回の読了後、その文庫本を書店で購入しました。再々読した私の感想は、活版ではない印刷された無味乾燥な文字の羅列に、ただ読み進めただけでした。けれど、お話にしたいという気持ちの変化は見られません。さて、プロットを立て始めました。思った以上に大変でした。何とか、書き終わりました。でも、まだ構成に不安を抱えていましたが、私は文芸社様に原稿を送りました。有難くも、構成を変更の指摘はありませんでした。無事に、この本を完成させることができました。

本作は、吉田調査事務所の田村くんを軸にした物語です。章タイトルも田村くん始まりで統一しました。書き終えて、私は思いました。田村くんの話をすると、すっきりとして枚数も少なく終われるのです。朱美ちゃんと森崎くんが本格的に絡んでくると、朱美ちゃんのパパも、ですね。書いているのは私ですが、勝手にしゃべってくれることに甘えると、自然と長くなってしまう。と、安心していたら、田村くんもしっかり語ってくれていました。二枚以上です。それは、どこか？ 読んでいただければ分かります。ああ、あそこね、とこのあとがきを最後に読んで、読み返してみる。あるいは、先にあとがきを読んでこれからの本編を読む方もいると思います。ここだったのね、と気付いてくれたら嬉しいです。

最後に、謝辞を。この本にかかわってくださった文芸社の皆様。そして、私の本を読んでくれた皆様に。

令和五年

木田麻美

著者プロフィール

木田 麻美（きだ あさみ）

1974年7月31日生まれ。

神奈川県在住。

文芸社より「眠れる森の、」の著書がデビュー作である。本書が二作目となる。

X（旧Twitter）で木田麻美の名前で呟いています。遊びにきてくれたら、嬉しいです

ゼームス荘壱拾五號室

2023年12月15日　初版第1刷発行

著　者　木田 麻美
発行者　瓜谷 綱延
発行所　株式会社文芸社
〒160-0022　東京都新宿区新宿1－10－1
電話　03-5369-3060（代表）
03-5369-2299（販売）

印　刷　株式会社文芸社
製本所　株式会社MOTOMURA

ISBN978-4-286-24736-6